国际动物小说品藏书系

我所了解的野生动物

沈石溪◎主编

[加]欧内斯特·汤普森·西顿 著
刘延玲 译

时代出版传媒股份有限公司
安徽少年儿童出版社

图书在版编目(CIP)数据

我所了解的野生动物 /（加）西顿著；刘延玲译. —合肥：安徽少年儿童出版社, 2016.1(2019.1重印)
（国际动物小说品藏书系 / 沈石溪主编）
ISBN 978-7-5397-8602-5

Ⅰ.①我… Ⅱ.①西… ②刘… Ⅲ.①儿童文学 - 短篇小说 - 小说集 - 加拿大 - 现代 Ⅳ.①I711.84

中国版本图书馆 CIP 数据核字(2015)第 301508 号

GUOJI DONGWU XIAOSHUO PINCANGSHUXI WO SUO LIAOJIE DE YESHENG DONGWU
国际动物小说品藏书系·我所了解的野生动物

沈石溪 / 主编
欧内斯特·汤普森·西顿 / 著
刘延玲 / 译

出 版 人：张克文	策　　划：何军民　阮　征	责任编辑：陈明敏
装帧设计：刘个个	责任印制：田　航	

出版发行：时代出版传媒股份有限公司　　http://www.press-mart.com
　　　　　安徽少年儿童出版社　　E—mail：ahse1984@163.com
　　　　　新浪官方微博：http://weibo.com/ahsecbs
　　　　　腾讯官方微博：http://t.qq.com/anhuishaonianer（QQ：2202426653）
（安徽省合肥市翡翠路 1118 号出版传媒广场　　邮政编码：230071）
市场营销部电话：(0551)63533532（办公室）　　63533524（传真）
　　　（如发现印装质量问题，影响阅读，请与本社市场营销部联系调换）

印　　制：阳谷毕升印务有限公司
开　　本：635mm×900mm　　1/16　　印　张：14.5
字　　数：147 千字
版　　次：2016 年 1 月第 1 版　　2019 年 1 月第 5 次印刷

ISBN 978-7-5397-8602-5　　　　　　　　　　　　　　　定价：36.00 元

版权所有，侵权必究

动物小说的灵魂

沈石溪

20世纪上半叶，西方生物学派生出一门新的边缘学科——动物行为学。传统生物学与动物行为学在学术观念、观察角度、研究手段和考察方法等方面都有显著差异。传统生物学注重被研究者的共性，热衷于调查物种的起源、种群分布的情况，给形形色色的动物分门别类，根据动物的生理构造和特化器官，确定该归入什么纲什么目什么类什么科什么属；分析动物的食谱，解释某种动物与某种环境的依存关系；观察动物的发情时间与交配方式，了解动物的繁殖机制等。动物行为学家对动物的社会结构、情感世界和个体生命的表现投入了更多的研究热情，透过动物特殊的行为方式，从生存利益这个角度，来寻找产生这些行为的原因；在研究动物行为的同时，其严肃理性的目光也注视人类行为，在动物行为与人类行为间勾画出一条清晰可辨的精神脉络，给人类以外的另类生命带去温暖的人文关怀。

我喜欢读动物行为学方面的书。每当偷得浮生半日闲，躺在摇椅上，捧一杯清茶，翻开奥地利动物学家、诺贝尔生理学或医学奖获得者、动物行为学创始人康拉德·劳伦兹的《攻击与人性》，或者浏览美国生物学家、动物行为学先锋斗士 E.O.

威尔逊的名著《昆虫社会》，或者阅读西方最负盛名的动物行为学家罗伯特·杰伊·罗素的力作《权力、性和爱的进化——狐猴的遗产》，总是深深被大师们严谨的作风、渊博的知识、犀利的目光、翔实的资料、风趣的语言和无可辩驳的论点所折服，心灵上受到强烈震撼，精神上产生巨大共鸣。我相信，动物行为学具有无限广阔的发展前景，能找出人类行为发生偏差的终极原因，是医治人类社会种种疾病的灵丹妙药，为人类把握正确的进化方向提供了牢靠的坐标。

　　这也许是我个人的偏爱，有点言过其实了。可动物行为学家们通过长期观察动物生活得到的许多例证，确实对人类社会具有振聋发聩的作用。

　　例如，关于大熊猫为什么会濒临灭绝，一般认为有两个原因：一是人类大量开荒种地破坏了大熊猫的生存环境，二是大熊猫食谱单一，只吃箭竹，属于适应性较差的特化动物。但动物行为学家却另辟蹊径，经过大量调查研究后认为，大熊猫濒临灭绝除了环境和食谱因素外，还有另外两个原因：第一，大部分动物都有巢穴，尤其是母动物产崽期间都要寻找一个隐蔽安全的地方当作自己的窝，而大熊猫是典型的流浪者，头脑中没有"家"的概念，它们追随食物四处游荡，吃到哪里睡到哪里，产崽育幼期的母熊猫也同样如此，颠沛流离的生活对刚刚出生的幼崽来说显然是有害无益的，风餐露宿，再加上食肉兽的侵害，幼崽存活的概率很小；第二，丛林里凡生存能力不是特别强，而幼崽又要经过很长一段时间精心养育才能独立生活的动物，如狼、豺、狐、獾、鼠和鸟类等，大多实行双亲抚养制,雄性和雌性厮守在一起,共同养育后代,而大熊猫生性孤僻,雌雄间感情淡漠,只有性,没有情,发情时雌雄凑合在一块做一回露水夫妻,完事后各奔东西,谁也不认识谁,清一色的单亲家庭,母熊猫单独挑起抚养幼崽的重担,母熊猫通常一胎产双崽,但过的是没有窝巢的流浪日子,不可能一条胳膊抱一只幼崽走路,又没有配偶替它分担困难,只有在两只幼崽中挑选一只抱走,另一只幼崽就被遗弃荒野了。单身母亲的日子过得很艰难,遭遇危险时找不到帮手,头疼脑热得不到照应,稍有不慎,唯一的幼崽便会夭折,繁殖后代、延续生命的链条就此断裂。

反观人类社会,许多人不珍惜温馨的家,把家看作累赘,把家看作牢狱,弃家不顾、离家出走、天涯飘零,去过所谓的潇洒生活,面对大熊猫濒临灭绝的事实,难道还不该及时醒悟吗?再看如今社会上越来越多的单亲家庭独木难支的困窘,是不是也该从大熊猫生存路上艰难的步履里吸取某种教训?

在动物面前,人类常常犯自高自大的错误。人类有一种根深蒂固的偏见,总认为自己是高等生灵,动物都是低等生灵;自己是天地间的主宰,动物是任人摆布的畜生。不错,人类是地球上进化得最快的一种动物,会直立行走,会使用语言文字,用勤劳的双手和智慧的头脑创造出了无与伦比的现代文明。然而,人是由动物进化来的。地球上存在生命已有数亿年时间,人类的历史不过几千年,人这种动物在进化成人以前曾经过漫长的动物阶段,动物的本能、本性在人类身上根深蒂固,人类不可能在几千年短暂的进化过程中就把在数亿年中养成的动物性荡涤干净。科学家证实,文化属性与生物属性是构成人的行为的两大要素。人的一部分行为受制于社会大文化,传统势力、伦理道德、风俗习惯、政治说教、宗教戒条、法律法规、民情民风、乡规民约不断修正和规范你的所作所为,迫使你去做这件事而不去做那件事,这就是人类行为的文化动因。人的另一部分行为受制于生物本能,贪婪好色、权欲熏心、天性好斗、自私自利、妄自尊大、好逸恶劳、贪图口福、嫉妒心理等负面因素又时时让你产生难以抑制的冲动,驱使你去做那件事而不去做这件事,这就是人类行为的生物动因。假如某人的行为既出于合理的生物本能,又符合社会大文化的要求,他就是一个真实自然的好人;假如某人完全抑制生物本能去迎合社会大文化的苛刻要求,存天理灭人欲,他就是一个虚伪矫情的假人;假如某人放纵生物本能,弃社会大文化于不顾,他就是一个凶残狠毒的坏人。有一种观点认为,人类一半是天使一半是魔鬼,讲的就是这个道理。

　　动物行为学剖析发生在动物身上有利于生存的、合理的、善的行为准则,让人类学习借鉴,变得更像天使;揭示发生在动物身上不利于生存的、荒谬的、恶的行为准则,让人类铭记教训,更自觉地远离魔鬼。

　　曾有某药物研究所做过这么一个令人发指——不——是令动物发指的实验:为了证实某种戒毒药物是否有效,人们给一只红面猴注射了毒品(这实验本身就证明了人类对待动物是何等霸道、残忍和阴险。人类自己心灵扭曲得还不够,自己被海洛因毒害得还不够,还要把罪恶强加在无辜的动物身上）。两三次后，可怜的红面猴就成了吸毒者，一见到穿白大褂的管理员，立刻就会从铁笼子里伸出手臂，哀哀叫啸，恳求人们替它在静脉血管上打针。倘若人们不满足它的要求，它就会用自己的脑袋撞铁笼子，撞得头破血流也在所不惜；假如还不能达到目的，它就咬自己的爪子和身体，把自己咬得满身血污。一旦人们掏出注射器，它就会跪伏在地下，猴嘴从铁栏杆间伸出来，谄媚地亲吻管理员的裤腿和鞋。过去它在动物园生活时曾被热水瓶烫过一下，由于条件反射，平时最怕看见热水瓶了，远远看见有人提着热水瓶走过来便会吓得躲起来。有一次它毒瘾发作，手臂从笼子里伸出来，工作人员提着热水瓶来吓唬它，它竟然无动于衷，将开水淋在它的手臂上它也不肯把手臂缩回去。这只雄红面猴被买来做实验品前，曾与一只雌红面猴相好。据动物园的饲养员介绍，这对红面猴青梅竹马、卿卿我我，感情很甜蜜。饲养员把那只雌红面猴牵了来，把雌雄两只猴子关进同一只铁笼子，希望能由此减弱雄红面猴对毒品的过分依赖。它们分开也不过二十来天，天涯苦相思，意外又重逢，正所谓"小别胜新婚"，那雌红面猴见到雄红面猴，激动得浑身颤抖，恨不得立刻与之紧紧拥在一起，但雄红面猴却面无表情，冷冷地瞥了对方一眼，就像看到一只陌生猴一样没有任何反应。过了一会儿，雄红面猴毒瘾上来了，哈欠连天，鼻涕口水滴滴答答，抓住铁栏杆使劲摇晃，发出哀叫声。管理员从甬道走过来，雄红面猴迫不及待地将手臂从铁笼子里伸出去。雌红面猴出于好奇，也趴在笼壁上看热闹。雄红面猴大概以为雌红面猴要同自己争抢毒品，勃然大怒，揪住雌红面猴，穷凶极恶地大打出手,下手比打冤家还狠,啃下一口口猴毛,抓出一道道血痕。要不是管理员闻讯赶来,打开铁门救出遍体鳞伤的雌红面猴,后果不堪设想。雄红面猴被人类强行注射毒品后的行为表现,与人类社会的瘾君子如出一辙,丝毫没有区别,同样丧失理智、丧失人格、丧失自尊,感情冷漠,道德沦丧,成为一具地地道道的行尸走肉。

　　实验的结果颇出人意料又耐人寻味,戒毒药物也不起什么作用。由于过量注射海洛因,雄红面猴奄奄一息,整整两天不吃不喝,有气无力地躺在地上,眼皮耷拉着,连叫都叫不出声了,只有那条布满针眼的手臂还顽强地伸出铁笼子,手掌朝上,瑟瑟发抖地做乞讨状。药物研究所决定给它注射最后一针大剂量毒品,减少它临终前的痛苦,让它在虚幻的快感中结束生命,也算是人类的一种仁慈;同时也决定,将那只雌红面猴牵来继续做相同的实验。

　　拿着注射器的管理员和那只雌红面猴几乎同时来到铁笼子旁。雄红面猴混浊的眼光落在雌红面猴身上,就像快要燃尽的炭火被风一吹又短暂地烧旺,那双垂死的眼睛里骤然发出一道骇人的光芒。就在管理员的针头快要刺进雄红面猴静脉血管的那一瞬间,雄红面猴奇迹般地"复活"了,它伸出铁笼子的前爪突然抓住管理员的手腕,把那手腕拖进铁笼子里去,张开嘴,一口咬住管理员的手掌。管理员撕心裂肺地惨叫起来,那只灌满毒品的注射器掉在地上,摔得粉碎。人们赶紧来帮管理员,七手八脚地强行将猴嘴撬开。雄红面猴已经气绝身亡,那双猴眼却还瞪得溜圆,一副满腔怨恨、死不瞑目的可怕模样。雄红面猴在生命的最后一刻幡然醒悟,天良发现,为了抗议人类的暴行,也为了不让自己所爱的雌红面猴步自己的后尘,做出了一只垂死的猴子所能做出的反抗行为。较之人类社会那些执迷不悟、心甘情愿地在毒品的泥潭里越陷越深的瘾君子和那些为了自己发财致富而不惜将千家万户推入"火坑"的毒贩子,雄红面猴似乎更配"人"这个高贵的称呼。

人和动物之间并不存在不可逾越的鸿沟,人和动物之间的差别也并没有我们想象的那么大。在某些领域,人和动物的差距是微乎其微的,仅仅隔着一根头发丝的距离。稍有不慎,人就有可能变得像动物一样,甚至还不如动物。

我们只要用心去观察,就不难发现,在情感世界里,在生死抉择关头,许多动物所表现出来的忠贞和勇敢,常常令我们人类汗颜,让我们自愧弗如。

这就是动物小说的灵魂,这就是动物小说能超越时间和空间,为世界各地不同民族、不同肤色的一代又一代读者所喜爱的原因。

是为序。

目　　录

告读者 ·· 1

罗勃：克鲁姆堡的狼王 ·· 5

银斑：一只乌鸦的故事 ·· 27

豁耳朵：一只棉尾兔的故事 ·· 43

宾果：我的狗的故事 ·· 78

斯普林菲尔德的狐狸 ·· 102

永不停蹄的野马 ·· 128

乌利：一只小·黄狗的故事 ··· 160

红颈：一只唐谷松鸡的故事 ·· 177

告 读 者

　　这些故事都是真实的。尽管在许多地方,我已经偏离了严格意义上关于历史真实的界定,但书中的主人公确有原型。它们曾经像我描述的那样生活过,它们表现出来的鲜明的英雄特征和强烈的个性魅力,远非我的笔墨所能及。

　　人们往往认为自然界的历史不过尔尔,这种态度使得自然史蒙受了巨大损失。试想用十页纸来勾勒人类生活的风俗习惯,怎么可能取得令人满意的效果呢？但如果用同样的篇幅来刻画某个人的一生,岂不是会很有成效？这就是我在描写这些野生动物时努力遵循的原则。我想表达的主题,是动物个体的真实个性及其生活场景,而不是用漫不经心、带有偏见的人类眼光来看待某一类动物的一般生活情况。

　　我是将一些主人公的经历拼凑在一起的,这听起来和我先前的说法不太一致。但是,因为只能凭借这些零碎的自然记录,我就不得不如此了。但有关罗勃、宾果和野马的记述,我几乎没有背离真实的情形。

从1889年到1894年，罗勃在克鲁姆堡过着传奇般的狂野生活，这儿的农场主们知道得一清二楚。按照他们的说法，它确切的死亡日期是1894年1月31日。

宾果是我养的一只狗，我所记述的事情发生在1882年至1888年间。其间，我去纽约做过几次长期访问，关系偶有中断。我在马尼托班的朋友们会记得它。还有我的老朋友——坦恩农场的主人，会从这些文字中得知他的狗到底是怎么死的。

野马生活在19世纪90年代初期，离罗勃生活的时代不远。除了它的死亡方式存有争议之外，这个故事属于严格的纪实文学。根据某些证据推断，它是在第一次被带进马厩时弄断脖子的。老火鸡爪现在不知去了哪里，因此，已经无法向他求证。

大约是在1904年，我在盐湖城遇到了一位老牧人，他使我对那匹野马"飞毛腿"的认识有了新发现。他告诉我，他也是试图制服"飞毛腿"的牛仔之一。此外，他也是这匹野马死时的现场目击人。这个牧人声称，老火鸡爪并没有让"飞毛腿"走进马厩，他发现这匹野马太彪悍了，根本无法制服，于是就大喊一声："打开大门。"门打开了，老火鸡爪想让野马折腾到筋疲力尽再说，可是这匹马却带着骑手突然冲向大峡谷，人和马一起粉身碎骨。

从某种意义上来说，乌利的形象是由两只狗糅合而成的。这两只狗都是杂种狗，带点柯利犬的血统，它们都被驯养成了牧羊犬。《乌利》故事的前半部分是确实发生过的，只不过后来现实中的它变成了一只野蛮、残忍的绵羊杀手。后半部分故事真正的主人公是另一只狗,一只相同品种的小黄狗,它长期过着双重角色的生活——在白天是一只忠实的牧羊犬,到了晚上就变成了一个嗜血、残忍的恶魔。这类事情并不像人们猜想的那么罕见。因为写这个故事时,我还听说过另外一只过着双重生活的牧羊犬,它沉湎于夜晚的寻欢作乐——杀害邻居家的小狗崽,其残忍程度可谓登峰造极。在被主人发现时,它已经咬死了20只幼犬并把它们的尸体藏在沙坑里。它死时的情形刚好与乌利一模一样。

到目前为止,我所知道的"杰奇－海德[1]"式的怪狗共有六只。所有的例子都发生在柯利牧羊犬身上。

其中,我所熟悉的狗大多都在上面写到了。我接触过的这些狗看起来好像都是叛逆者。可是它们果真大逆不道吗?以我丰富的经验来看,我敢说不是这样的。狗一直是忠诚的楷模和象征,我从来没遇见过一只狗会背叛将它抚养长大的主人。换句话说,扮演叛逆角色的狗,都是因为多次更换主人,以至于它不知道该将忠心献给谁。

现实中的红颈,生活在多伦多北部的唐谷,我的许多同伴都应该记得它。它于1889年在甜面包山和弗兰克堡之间的地方遇害,我隐去了凶手的名字,因为我想揭露的是作

---

[1] 源于影片《杰奇和海德》(DR. JEKYLL AND MR. HYDE),又译作《化身博士》,主要讲述医学博士杰奇因误食药物,一到晚上就会变成名为海德的怪兽。该片曾荣获第五届(1931—1932)奥斯卡奖。

为凶手的整个人类，而不是某个人的行为。

银斑、豁耳朵和雌狐薇克森都是我根据真实的动物原型塑造的。尽管我描写的它们的诸多冒险经历，集中了它们本族类众多成员的经历，但是这些传记中的每个事件都来源于实际生活。

既然这些故事都是真实的，这也就成了它们都是悲剧的原因。因为野生动物的一生总是以悲剧告终的。

撰写这样一部故事集，自然要暗示一种共同的思想——一种在上个世纪被称作道德的思想。无疑，每个人都会找到一种适合自己口味的道德，但我希望，人们会从这里发现一种被强调的道德，它就像《圣经》一样古老，那就是——我们和动物都是同类。人类所具有的一些东西不会在动物身上荡然无存，而动物所具备的东西在某种程度上也会为人类所分享。

既然动物都是有欲望、有情感的生灵，只不过是在程度上异于我们人类，那么它们理所当然应该拥有自己的权利。这个事实直到现在才开始被白人世界意识到，而在两千多年以前就被摩西所宣扬，并为佛教徒所重视了。

罗勃①：克鲁姆堡的狼王

一

克鲁姆堡位于新墨西哥州的北部，是一片幅员辽阔的牧区。在这片土地上，有许多水草丰饶的牧场，上面涌动着成群的牛羊；在这片土地上，有许多连绵起伏的山丘和蜿蜒奔流的小河。这些水流最终汇入克鲁姆堡河，整个地区就是因这条河得名的。而多年以来，像国王一样威风凛凛地统治着这个地区的却是一只老灰狼。

当地的墨西哥人称它"老罗勃"或"狼王"。这只伟岸的狼是一群出色的大灰狼的首领，在克鲁姆堡峡谷地区为非作歹已经有许多年了。这里的牧人和农场主都非常熟悉它。无论罗勃带领着那队忠心耿耿的部下出现在哪儿，那儿的牛羊都会闻风丧胆。牛羊的主人也只能怒火中烧，却又无可奈何。在狼群中，老罗勃属于巨型狼。它的狡猾、强壮，与高大的体格十分相称。夜晚时分，罗勃的叫声与众不

---

①罗勃：Lobo，在墨西哥语和西班牙语中的意思是"狼"。

同,很容易与其他狼区分开来。一只普通的狼,在牧人的露营地嗥叫至半夜,也许都无人理睬,牧人只当它是路过打个招呼而已。可是,每当老狼王低沉的长嗥在峡谷中回荡时,看守人就会提心吊胆,强打精神熬着,准备第二天早上去清点畜群,看看牛羊又遭受了多么惨重的祸害。

和普通狼群相比,罗勃的部下是比较少的,只有几只狼。对于这一点,我始终不大明白。按常理,当一只狼所拥有的声望和权威扶摇直上时,就会吸引为数众多的追随者。要么是它就喜欢带领这么多只狼,要不然就是碍于它的脾气太暴戾,别的狼不愿入群。总之,在罗勃王朝的后期,它的麾下确实只有五只狼。不过,这些狼皆非无名小卒,个个闻名遐迩,它们的体格大都在普通狼之上。有一只狼仅次于罗勃,居于副首领的位置,也是一匹名副其实的巨狼。但即便是它,在体格和勇猛方面也远逊于它们的首领。除了两个统帅外,这个狼群中的其他几只狼也都赫赫有名。其中有一只美丽的白狼,这里的墨西哥人叫它"布兰卡",据猜测是只母狼,可能是罗勃的妻子。另外还有一匹黄狼,动作异常迅捷。有传言说它曾几次在捕猎中为狼群抓获羚羊。

我们待会儿就知道,牛仔和牧人对这些狼有多熟悉了。人们时时见到它们,听说的次数就更多了。这群狼的生活和牧人们息息相关。他们是多么愿意将它们斩尽杀绝而后快啊。在克鲁姆堡,没有哪个农场主不乐意拿出一笔相当于许多牛犊的价钱,来换取罗勃的狼群中随便哪只狼的脑袋和毛皮。然而，这群狼看起来似有神佑，人们想方设法都杀不死它们。它们不把任何猎手放在眼里，它们敢于戏弄所有的毒饵。至少有连续五年的时间，它们接连不断地从克鲁姆堡的牧场主那儿得到美味，甚至到了一天一只小母牛的程度。据此估算，这个狼群已经咬死了两千多头牛，而且都是肥美的小母牛。因为每次捕猎，它们总是要挑最好的牛下手。

在传统观念中，人们一直认为狼总是饥肠辘辘，饥不择食，随时准备吞下任何东西。然而，罗勃狼群的情况却与此观点相去甚远。这些强盗总是皮毛光润、精神百倍，它们对于所吃的东西特别挑剔。对于动物的尸体，无论是老死，还是病死、毒死，它们连碰都不会碰。它们还拒绝进食被牧人们杀死的牲口。这些狼平素喜欢的食物是刚刚被杀死的一两岁的小母牛，而且只吃身上又肥又嫩的部分。对于老牛，它们是不屑一顾的。尽管有时也会逮一两只公牛犊或小马驹，但是很显然，公牛肉和马肉不是它们喜爱的食物。这些狼不怎么喜欢吃羊肉，可它们却常常杀羊取乐。1893年11月的一天晚上，布兰卡和黄狼咬死了两百五十只羊。这显然只是为了消遣，因为它们连一丁点儿肉也没吃。

上面讲述的，不过是我所知道的众多例子中的几个，却可以说明这群恶狼带来的祸患之大。为了消灭这群狼，牧人们每年都会尝试许多新花样。但是，不管牧人们如何竭尽全力，它们仍然生机勃勃地活着。因为提着罗勃的脑袋就可以换取一笔巨额奖金，于是，猎人们便精心布设了二十种下毒饵的妙招,但无一例外地都被罗勃识破并避开了。它只惧怕一样东西——那就是枪弹,而且它心里非常清楚,在这个地区,人人都带枪。因此,它从来不去袭击或是直接与人对抗。事实上,它的狼群有一套躲避灾难的既定策略:在白天,无论什么时候,只要有一个人出现,不管离得有多远,它们都会及时逃之夭夭。同时,罗勃有个习惯,它只允许狼群吃它们自己咬死的猎物,这就使它们从遭遇的无数次险情中死里逃生。而且,罗勃的嗅觉十分敏锐,它可以闻出人手或是毒药本身的气味。这些本领使它们免遭毒害。

有一次,一个牛仔听到老罗勃集结狼群时发出的熟悉的嗥叫声,于是悄悄地走近。他发现,克鲁姆堡的狼群正在一个小山谷里,它们已经往那儿赶拢了一小群牛,准备围攻。罗勃蹲在远处的一个小山丘上,而布兰卡带着其余的狼正在拼命靠近一头小母牛。可是,这群牛紧紧地挤在一起。它们的头朝外,一排牛角对着敌人,形成一道不可攻破的防卫线。但在面对群狼新一轮的袭击时,有的牛受到了惊吓,随后它们竭力想退回到牛群中间去。狼群利用了这样的空子,趁机成功地咬伤了那头选好的小母牛。可是,小母牛还远远没有丧失抵抗能力。罗勃似乎对它的部下有点儿不耐烦了。于是,它离开了小山丘,发出一声低沉的吼叫,向着牛群猛冲过来。在罗勃的突袭下,牛群惊惶失措,防线被攻破了。它纵身跳入牛群中间。这么一来,牛群四处逃散,就像炸弹爆炸时飞出的弹片一样。那头被选中的猎物也拼命奔逃，可是还没等它逃出二十码①远，罗勃就已经扑住了它。它咬住小母牛的脖子，用尽全力猛地一甩，将它重重地摔在地上。这一击将这头小母牛摔得四蹄朝天。罗勃也因用力过猛，翻了一个跟头儿。但它很快就站了起来。紧接着，它的同伴就扑向那头可怜的小母牛，几秒钟便杀死了它。罗勃没有亲自参与这场屠杀——它在摔倒猎物之后，仿佛在说："瞧，难道你们几个就不能这么利落，少浪费点儿时间吗？"

就在这时，一个牛仔骑着马大声吆喝着跑出来，狼群一听到人的声音就像往常一样，刹那间消失得无影无踪。于是，牛仔拿出一瓶马钱子碱，迅速在这头死了的小母牛身上下了三处毒，然后离开了。他知道这群狼一定还会回来进食，因为这头牛是它们自己咬死的。第二天一早，牛仔便出发寻找期待的战利品。这时他发现，尽管这些狼已经吃掉了这头小母牛，可是下过毒的部分，它们全都小心翼翼地撕扯下来，扔在了一边。

有关这只可怕的大野狼的故事年复一年地在牧人中间流传。用来悬赏罗勃的脑袋的奖金的数额也一年高过一年，最后居然高达 1000 美元。这的确是一笔前所未有的巨额捕狼奖金，因为追捕逃犯的赏金往往都达不到这个数目呢。对于许多打猎好手来说，即使奖金很少，他们也想要把猎物弄到手。

---

①全文使用英制度量单位。

有一天，受这笔巨额奖金的诱惑，来了一位名叫坦纳雷的得克萨斯人，他曾做过护林人。这人策马疾驰，飞奔进了克鲁姆堡峡谷。他配备了猎狼的一流装备——最好的枪、最快的马，还有一群猎狗。在离这儿很远的西弗吉尼亚草原上，他和他的猎狗曾杀死过许多狼。所以，现在他坚信：过不了几天，老罗勃的头就会高高地悬荡在他的鞍辔顶上。

这是一个夏天的早上，天刚蒙蒙亮，坦纳雷就带着猎狗出发，雄赳赳气昂昂地踏上了猎狼的征途。上路没多久，那些猎狗就发出了兴奋的叫声，这是在告诉主人，它们已经发现了猎物的踪迹。行进了不到两英里，罗勃的狼群就进入了他们的视野。于是，一场紧张、激烈、残酷的追猎开始了。猎狗只要把狼群牵制在海湾地带，猎人就会骑马赶来，开枪射死它们。在得克萨斯开阔的平原地带，这件事通常是很容易做到的。但是，来到这个地貌迥异的新地区，玩这套把戏就不灵了。这一点证明了罗勃是多么善于选择领地。由于克鲁姆堡河的两岸岩石众多，于是它的支流错综复杂地从各个方向嵌入大草原。此时，老罗勃立即向离它最近的一条支流跑去。它穿过河流，甩掉了骑马的猎人。接着，狼群故意四散而逃，这些狗也随之散开。当群狼跑了一段路程，在某处重新汇合时，那些猎狗却不能同时跟上来。这样，狼就不再在数量上处于劣势了。它们掉头扑向少数追赶上来的猎狗，不是将它们杀死，就是把它们全都咬成致命的重伤。那天晚上，当坦纳雷召唤他的狗时，发现只回来了六只。其中的两只狗已经被撕咬得遍体鳞伤、肢体破碎。为了得到这只狼王的头,坦纳雷后来又发动了两次进攻,可是战绩都没有超过头一次。在最后一次冲锋中,连他最心爱的骏马都摔死了。因此,坦纳雷心灰意冷,愤恨地放弃了这场角逐,返回得克萨斯去了。而罗勃在他走后更加嚣张了。

第二年,又来了两个猎人,他们下定决心要得到这笔数目可观的奖金。他们每个人都深信自己能亲手结果这只声名远扬的狼王。一位名叫乔·卡隆,他尝试使用各种新发明的毒饵,而且投放毒饵的方式也是史无前例的。另一位叫拉洛奇,是个法裔加拿大人,他不但使用毒饵,还在毒饵上画符念咒,施展魔法;因为他坚信,罗勃简直是个"狼精[①]",用普通方法是杀不死的。但无论是精心配制的毒饵,还是符咒呀、魔法呀,对那个灰色的恶魔来说,全都无济于事。它还像从前那样,照例每周进行巡视,日日举行牛肉盛宴。不到几个星期,这两位猎人就绝望地放弃了原来的计划。他们离开这儿,到别处打猎去了。

1893年春天,在猎捕罗勃失败之后,乔·卡隆又碰上了一桩很丢脸的事情。这件事看起来像在证明,这只大野狼确实对敌人嗤之以鼻,对自己绝对自信。卡隆的牧场坐落在克鲁姆堡河的一条小支流旁,位于一个风景如画的峡谷中。那一季,恰恰就在这个峡谷的岩丛里,离卡隆的房子不到一千码的地方,罗勃和它的妻子选定了它们的洞穴,在

[①]狼精:loup-garou,法国民间传说中的主人公,像中国的狐狸精,不过狐狸精是狐狸变人,狼精却是人变狼,所以又可译作狼人。

那儿生儿育女。它们住了一个夏天,杀死了卡隆的牛、羊和狗,还躲过了他安放的所有的毒饵和捕狼机。它们安逸地居住在有很多洞穴的悬崖凹处,而卡隆则费尽心机,想出种种办法对付它们。他试过用烟,想把它们熏出洞穴,还向它们投放过炸药。可是,它们不但毫发无损地逃脱了,还依然肆意地继续它们偷杀抢掠的破坏活动。"去年它在那儿住了整整一个夏季,"乔·卡隆指着那面岩壁说,"我对它一点办法也没有。在它面前,我简直就是一个大傻瓜。"

二

上述关于老罗勃的故事,都是我从牛仔们那儿搜罗来的。对此,我始终难以置信。直到1893年的秋天,我自己结识了这个狡猾的强盗,并且渐渐对它有了比别人更为深入的了解,我才相信那些故事都是真的。几年以前,在我的爱犬宾果还活着的时候,我也做过猎狼人。但自那以后,我换了一种职业,就像被拴在桌子和板凳上了一样。我真的很想换换环境。所以,当我的一个朋友——他也在克鲁姆堡做牧场主,邀请我到新墨西哥州来试试能否对付这帮劫掠成性的狼时,我就接受了他的邀请。由于迫不及待地想见识见识这只狼王,于是我尽快赶到这儿的平顶山地。我花了一些时间,骑着马四处溜达,以便了解这个山区的情况。我的导游会不时地指着一堆粘有皮毛的牛骨架,点评说:"这就是它干的好事。"

通过观察,这一点我已经很清楚了:在这个崎岖不平的山区里，要想骑着马，带一群猎狼犬去围追罗勃，无疑是徒劳的。因此，毒饵或捕狼机是唯一可以一试的办法。目前，我们还没有足够大的捕狼机，于是我便着手干起下毒的事儿来。

为了使这只"狼精"落入圈套，我试用了上百种机关，其中的细枝末节我就不谈了。总之，凡是含有马钱子碱、砒霜、氰化物、氢氰酸的毒药，我全都试过。凡是可以用作诱饵的肉类，我全都用过。可是，在一个又一个的早晨，当我骑着马前去查看战果时，却总是发现自己的一切努力都付诸东流。对我来说，这只老狼王实在太狡猾了。只要举一个例子，就足以证明它那令人叹服的精明。有一次，按照一位老猎狼人的指点，我化了一些奶酪，与新宰杀的小母牛身上的肥肉拌在一起，放在一个瓷具里炖烂。为了避免染上金属气味，我还用一把骨制的刀子来切肉。等这盘炖肉冷却后，我将它们切成肉块，在每块肉的一侧钻一个小洞，往小洞里嵌进大剂量的马钱子碱和氰化物，这些毒药都被装进密封的胶囊里，不会散发出任何气味。最后，我用切成片的奶酪把洞口封起来。在做这件事的整个过程中，我始终戴着一副在小母牛的热血里浸过的手套。面对这些毒饵，我甚至连大气都不敢出一口。当一切准备就绪，我将肉块装在一个用牛血涂过的生皮袋子里；然后，又将盛有小牛肝和牛腰子的袋子系在一根绳子上，骑着马拖着袋子一路前行。我就这样绕了一个十英里的圈子，每走四分之一英里就丢一块毒饵，自始至终都小心翼翼的，绝不让手碰到

13

这些东西。

一般来说,罗勃每个星期的头几天都会到这个地区来。其余几天,它大概在西耶拉·格兰德山麓一带活动。这天是星期一,就在当晚我们正要睡觉时,我听到了那只狼王深邃、低沉的嗥叫声。一听到这个声音,有个牛仔简短地说了一句:"它来了,等着瞧吧。"

第二天早上,我骑马前往,想知道结果怎样了。不久,我就看到了这帮强盗踩下的新脚印。罗勃领头走在前面——它的脚印总是很容易辨识。普通的狼,前爪只有4.5英寸长,大的狼,爪长也不过4.75英寸;而罗勃的爪长呢,据多次测量的结果,从前爪至脚跟,竟足有5.5英寸长。后来我发现,这跟它身体其他部分的比例是相称的。因为它立在地上,身高三英尺,体重达一百五十英镑。因此,尽管它的脚印常被尾随的其他狼的脚印所掩盖,却从来不难认出。这群狼很快就发现了我拖过东西的痕迹,像往常一样跟踪而至。我看得出,罗勃来到过第一块诱饵前,它嗅过一阵子,并最终将肉叼走了。

这时候,我兴奋极了。"我终于把它逮住了!"我大喊着,"不出一英里,我准会看到它那硬邦邦的尸体啦。"我一边快马飞奔,一边眼巴巴地盯着尘土中那又大又宽的脚印。那脚印一直把我领到放第二块诱饵的地方,那块肉也不见了。我是多么激动啊——现在我确信已经逮着它了,或许还逮住了狼群中的其他几只狼呢。但是没过多久,宽大的爪印继续出现在我拖着袋子行经的路线上。而当我站在马镫上仔细扫视平原时，却连一只死狼的影子都没看到。我循着狼的脚印继续前行，发现第三块诱饵也不见了。接着，这只狼王的足迹直奔第四块诱饵。到了那儿，我才明白：实际上它没有吞下一块毒饵，只不过是将毒饵叼在嘴里带走罢了。它将前三块肉堆在第四块肉上，然后在上面撒了泡尿，以此来表示对我的伎俩的极端蔑视。做完这些之后，它离开了我投饵的路线，带领着被它守护得完好无损的狼群，继续逍遥法外去了。

上述只不过是我众多类似经历中的一例。这些经历使我确信，毒药是决不能杀死这个强盗的。尽管如此，在捕狼机还未送来的那段日子里，我还在继续使用着毒药。这也不过是因为，对于消灭许多草原上的狼和别的有害动物来说，毒药在当时还是一种挺可靠的手段呢。

大约就是在这个时候，在我的眼皮底下发生的一件事，进一步说明了罗勃是多么老奸巨猾。至少有一桩事儿，纯粹是这些狼出于寻欢作乐才做的——惊扰羊群，使羊们四处奔逃，然后杀死它们，却很少吃羊肉。平时，羊群一般一千到三千只聚成一群，由一个或几个牧羊人看管。到了晚上，它们就被赶拢到一个最隐蔽的庇护所。羊群的每一边都睡着一个牧羊人，严加防守。羊是一种没有头脑的动物，一点微不足道的惊扰也会让它们惊恐四散。但它们也有一种根深蒂固的本性，那就是紧紧跟随头领走。这也许是绵羊唯一的天性，也可以说是一个致命的弱点。牧羊人巧妙地利用这个弱点，在绵羊群里放进五六只山羊。绵羊们认为它们长胡子的表亲比自己聪明,所以每当夜里有险情发生时,它们就会团团围聚在山羊身边。通常情况下,这么做会挽救羊群。在大难来临之际,它们可免于惊恐逃散,易于得到保护。但情况并非总是如此。去年11月末的一个晚上,两个培利卡的牧羊人被狼群发动的一次袭击惊醒了。它们的羊群挤在山羊周围,这些山羊既不是傻瓜,也不是胆小鬼,它们临危不惧,屹立在阵地上,勇敢地抵抗。可是天哪,指挥这次进攻的可不是一只普通的狼,它是老罗勃。罗勃像牧羊人一样清楚:山羊是羊群的精神支柱。于是它飞快地跃过密密麻麻的羊背,直扑那几头山羊。几分钟内,罗勃就将山羊尽数杀死。于是,这些倒霉的绵羊很快就向四面八方逃窜。在以后的几星期里,我差不多每天都会碰到一些焦急的牧羊人,他们上前和我攀谈,问我:"你最近见过一些身上带有'OTO'烙印的绵羊了吗?"我往往只好说看见了。有一次是这么说的,"是的,在经过钻石泉时,我见过大约五六具死羊";另一次大概是这么说的,"我见过一小群羊,在玛尔佩台地上跑来跑去";要不然,我就这样说,"没见过。但是两天以前,胡安·梅拉在塞德拉·蒙特倒是见过大约二十只刚刚被咬死的羊"。

终于,捕狼机运到了。我带着另外两个人忙碌了整整一周,才将它们安装妥当。我们不辞辛劳地工作着,凡是能想到的有助于捉狼的办法,我都采用了。在捕狼机安置好的第二天,我就骑着马出去巡察。没过多久,我就发现了罗勃的足迹。它从一处陷阱跑到另一处陷阱。从尘土上的印迹,我能看到罗勃那个晚上的全部经历。它在黑夜里奔波，尽管这些捕狼机精心布设，隐藏得不露痕迹，但是第一处很快就被罗勃发现了。在这儿，狼群停止了前进。罗勃用爪子小心翼翼地绕着这个陷阱扒土，直到将捕狼夹、链子和圆木全部掀开，让它们整个儿暴露在眼前，但那个捕狼机的弹簧却没有被引动。然后，它们离开这儿继续前进，罗勃用同样方式对付了超过一打的捕狼机。不久，我注意到，在行进的路途上，罗勃一察觉有什么可疑的迹象，就会停下脚步，躲到一边。于是，一个战胜它的新计谋立刻浮现出来——我把捕狼机设置成"H"形。也就是说，在狼行进路线的每一侧都安置一排捕狼机，中间也安置一个，当作"H"的横杠。可没过多久，我就有机会清点另一次失败的记录了。罗勃沿着道路跑过来，在发现路中间唯一的陷阱之前，差不多是走在两条平行线之间的地方，但是，它及时停下了脚步。那么，它为什么能够发现这里有陷阱呢？我实在说不清楚。也许真的有野生动物的天使陪伴并保佑它吧。这时候，它缓慢而又谨慎地沿着原路退回，每一只爪子都是分毫不差地踏在自己原来的脚印上，直到离开这个危险地带为止。退回来之后，罗勃就站在一旁，用后爪抓取一些土块和石头，把捕狼机全都触发了。另外还有许多次，罗勃也是这么干的。尽管我不断地变换花样，倍加防范，可它却从未上过当。罗勃的精明，看起来是绝对不会有一点闪失的。要不是一桩不幸的婚姻毁灭了它，把它的名字添加到了长长的英雄榜上，很可能直到今天，它还在继续着那强抢豪夺的生涯呢！像罗勃这样的英雄在孤身作战时总是所向披靡，却往往因为亲信的轻率行为而使自己死于非命。

三

有一两次，我发现了一些蛛丝马迹，表明克鲁姆堡狼群的一些事情有点儿不那么对劲。我觉察到了一些反常的迹象，譬如说，从脚印上判断，很显然，偶尔会有一只个头小点儿的狼跑在了狼王的前面。这一点，我起初不太明白，直到后来，有个牛仔发表了一通议论，才解释清了这件怪事。

"今天我见到它们了，"他说，"那只任性乱跑的狼是布兰卡。"这下，我恍然大悟了。我接着说："我看哪，布兰卡一定是只母狼，若是一只公狼胆敢这么做，罗勃一定会立刻干掉它。"

这一发现，让我酝酿了一项新计划。我宰了一只小母牛，又在这些新鲜牛肉周围，相当明显地布设了一两处捕狼机。然后，我割下牛头，这一向被认为是没用的杂碎，对于一只狼来说，也是很不屑一顾的东西。我把牛头放在离牛肉稍远一点的地方，在周围安放了两个特别结实的钢制捕狼机，不但彻底清除了上面的气味，还把它们隐藏得不露一点痕迹。在做这些事时，我把双手、靴子和工具上都涂了鲜牛血，之后还在地上洒上了星星点点的同样的血迹，就像是从牛头上滴下来的似的。在把捕狼机埋在土里时，我先用郊狼皮将埋藏的地方扫了一遍，然后用一只郊狼爪子在陷阱上制造了很多脚印。这个牛头被安置得非常绝妙，在牛头与一些乱草之间只有一条狭窄的过道,在这个过道上埋藏着我最好的两个捕狼机,它们牢牢地拴在牛头上。

狼有一种习性,它们只要在风中嗅到死动物的味儿,为了探个究竟,就是不想吃肉,也喜欢走近了去瞅瞅。我希望狼的这种习性,会将克鲁姆堡狼群引入我新设的圈套中。我丝毫不怀疑,罗勃会识破我在那块牛肉上所做的手脚,不让狼群靠近。但对于那个牛头,我还抱有一丝希望,因为它看起来像是被丢弃的废物一样。

第二天早晨,我动身去察看布设的那些陷阱。在那儿,哦,太让人高兴了!到处是狼群留下的脚印,放置牛头和捕狼机的地方已经空空如也了。我匆匆研究了一下那些脚印,可以看出罗勃阻止了狼群靠近那块牛肉。但只有一只狼,是一只小狼,显然继续向前走,想探究一下那个躺在地上离得稍远些的牛头。那只小狼走了过去,刚好踩到了其中的一只捕狼机。

我们跟着狼的脚印追去。在不到一英里的地方,我们发现那只倒霉的狼正是布兰卡。可是,它已经一阵飞奔,跑远了。虽然它被那个超过五十磅重的牛头羁绊着,但还是远远地甩开了我那个想徒步追赶它的同伴。终于,在它到达岩丛时,我们追上了它。因为那个牛头上的犄角被卡住,死死拖住了它。在我所见过的狼中,它是最美丽的一只,皮毛油光发亮,几乎可以说是雪白的,漂亮极了。

它转过身来搏斗,提高嗓门发出一声长长的嗥叫,想召唤它的同伴,声响回荡在峡谷的上空。从遥远的平顶山地上传来一声深沉的回应,那正是老罗勃的声音。这是布兰卡最后一次呼唤,因为这时候,我们已经逼近它,它也鼓足全部气力准备拼死一战了。

　　接下来,一场不可避免的悲剧发生了。过后,每当我想起这件事时,都比当时还要感到惊恐不安。我们每个人都将套索投在那只倒霉的布兰卡的脖子上,拉紧马缰,向相反的方向一起用力。直到它口喷鲜血,两眼发呆,四肢僵硬,毫无力气地瘫倒在地上,我们才住手。接着,我们便驮着那匹死狼,骑马走在回家的路上,并为此欢欣鼓舞,因为我们使克鲁姆堡狼群遭到了第一次致命打击。

　　在这场悲剧上演期间,以及后来骑马回家的途中,我们不时听到罗勃的吼叫声。它在远方徘徊着,似乎是在寻找布兰卡。它真的从来没想过放弃布兰卡。但是,当它看见我们走近的时候,它明白自己无力拯救它,因为它对于枪的恐惧实在是太深了。那一整天,我们都能听见它一边四处徘徊、寻觅,一边不停地发出悲哀的嗥叫声。最后,我对一个牛仔说:"这回,我可真的弄清楚了,布兰卡的的确确是罗勃的妻子。"

　　当夜幕降临的时候,罗勃似乎正朝着峡谷的居住区走来,因为它的声音听起来离这儿越来越近。很明显,现在它的音调里,充满着凄切悲伤,不再是响亮、霸道的吼叫,而是悠长、痛楚的哀号了。听起来它像是在呼唤:"布兰卡!布兰卡!"当黑夜来临时,我注意到它正站在离我们套住布兰卡不远的地方。最终,它好像发现了它的踪迹。当它来到我们杀死布兰卡的地方,那悲痛欲绝的哀号,听起来真让人同情啊!它伤心的程度,远远超乎了我的想象。即使那些心肠硬的牛仔们也听出来了,他们都说:"以前从来没有听过这么伤心的狼嚎。"罗勃似乎清楚发生了什么事情,因为在布兰卡丧命的地方留下不少它的鲜血。

后来,它跟随马匹的足迹,追踪到了牧场的棚屋跟前。它是希望在这儿找到布兰卡呢,还是渴望复仇,我不太清楚。但事情的结果却是它报了仇。因为它惊动了我们那只不幸的看门狗,在离门不到五十码的地方,狗被撕成了碎块儿。这次,它显然是独自前来的,因为第二天早上,我只发现了一只狼的脚印。这样不顾一切地狂奔乱跑,对于罗勃来说,可是一种很不正常的行为。我对此也有所期待,因而在这个牧场周围又安放了一批捕狼机。后来,我发现它确实踩中了一个捕狼机,但是由于它的力气非常大,还是从中挣脱了出来,把捕狼机扔到了一边。

这时候,我相信罗勃会继续在附近一带找下去,至少要找到布兰卡的尸体才会善罢甘休。于是,我集中全部精力,放在抓获罗勃这件事情上。我想趁它在离开这个地区之前,趁它还伤心得不顾一切时,逮住它!这时,我才意识到,杀死布兰卡是多么错误的决定。如果用它做诱饵的话,我可能第二天晚上就抓住罗勃了。

我集中了所有能够使用的捕狼机,有一百三十多个强劲的钢制捕狼夹,四个为一组,将其安置在通往峡谷的每一条路线上。每架捕狼机都分别紧紧拧在一根圆木上,每根圆木又一一被埋藏起来。在掩埋的时候,我小心翼翼地揭开草皮,挖出来的泥土一点不剩地被我们放在毯子上抬走了,之后再把草皮原封不动地放回。一切就绪后,用肉眼根本看不出一丝人工的痕迹。捕狼机被藏好后,我又将可怜的布兰卡的尸体当成一个拖把,拖着它四处走,留下痕迹,还绕着牧场走了一圈。最后,我砍下它的一只爪子,在行经每个陷阱的路线上留下了一行爪印。凡是我所知道的一切防范措施和设备,我全用上了。我们干到很晚才收工,然后静候结果。

有一次,我在夜里似乎听到了老罗勃的叫声,但不确定是不是它。第二天,我骑着马到处走。在我巡视完北部峡谷之前,天就黑了。我没有发现什么异常。吃晚饭的时候,有一个牛仔说,"今天早上,峡谷北部聚集了一大群牛,那儿的陷阱可能逮住什么东西了。"等我到达谈及的这个地方时,已是第二天的下午。当我靠近时,一个灰色的庞然大物从地上挣扎着站起来,妄图逃走。我一看,站在眼前的正是克鲁姆堡之王——罗勃,它被牢牢地套在捕狼机上。可怜的老英雄,它一刻也没有停止寻找心上人。当它发现它的尸体留下的痕迹之后,就不顾一切地跟随着,于是掉进了早已为它准备好的天罗地网中。它躺在那儿,被四个捕狼机上所有的铁爪紧紧卡住,显得非常无助。在它周围,有数不清的牛蹄印,这说明牛群曾聚集在一起,羞辱这个落难的暴君。而在它能触及的范围里,它们还是不敢靠近。它已经在那儿躺了两天两夜了,现在已经挣扎得筋疲力尽了。

可是，当我走近它的时候，它还是竖立着鬃毛站了起来，扯开嗓子，最后一次使峡谷里响起它那浑厚洪亮的吼叫声。这是一种求助的呼声，是召集它的狼群的信号。但是，没有一只狼回应。尽管它孤立无援，陷入绝境，可它还是转过身来，使出全身的力气，孤注一掷，准备攻击我。但一切努力都是白费劲，每架捕狼机都是超过三百磅重的累赘，四架冷酷无情的捕狼机死死拖住了它。它的每只脚上都带着巨大的钢爪，还有沉重的圆木和纠缠在一起的铁链。它绝对是无力脱身了。看得出它曾用那象牙般的巨齿磨啃那些残酷的铁链。当我冒险用来复枪枪托碰它时，它在上面咬下的道道齿痕，直到今天还留在那儿。当它试图抓我和我那匹瑟瑟发抖的马时，眼睛里放射出绿幽幽的光芒，充满了仇恨和愤怒。它张开大嘴，咔嚓一声猛咬下去，却什么也没咬到。可是，由于饥饿、不断的挣扎和流血，它累坏了，很快就精疲力竭地倒在地上。

有多少动物惨遭它的毒手啊，可当我准备下手处置它，给它应有的惩罚时，却突然感觉有些不安。

"好一个罪大恶极的老恶棍！你为非作歹了上千次，可过不了几分钟，你就要变成一具尸体了。你也不会有别的下场了！"我一说完就挥动套索，嗖地扔向它的脑袋。但是，事情并没那么顺利，要想制服它，还差得远呢！套索还没落在它的脖子上，它就抓住了套索。它突然狠狠地一咬，那根又粗又硬的套索被咬穿了。绳索断成两截，掉落在它的脚边。

当然，我最后的制胜法宝是猎枪，可我不想弄坏它那张

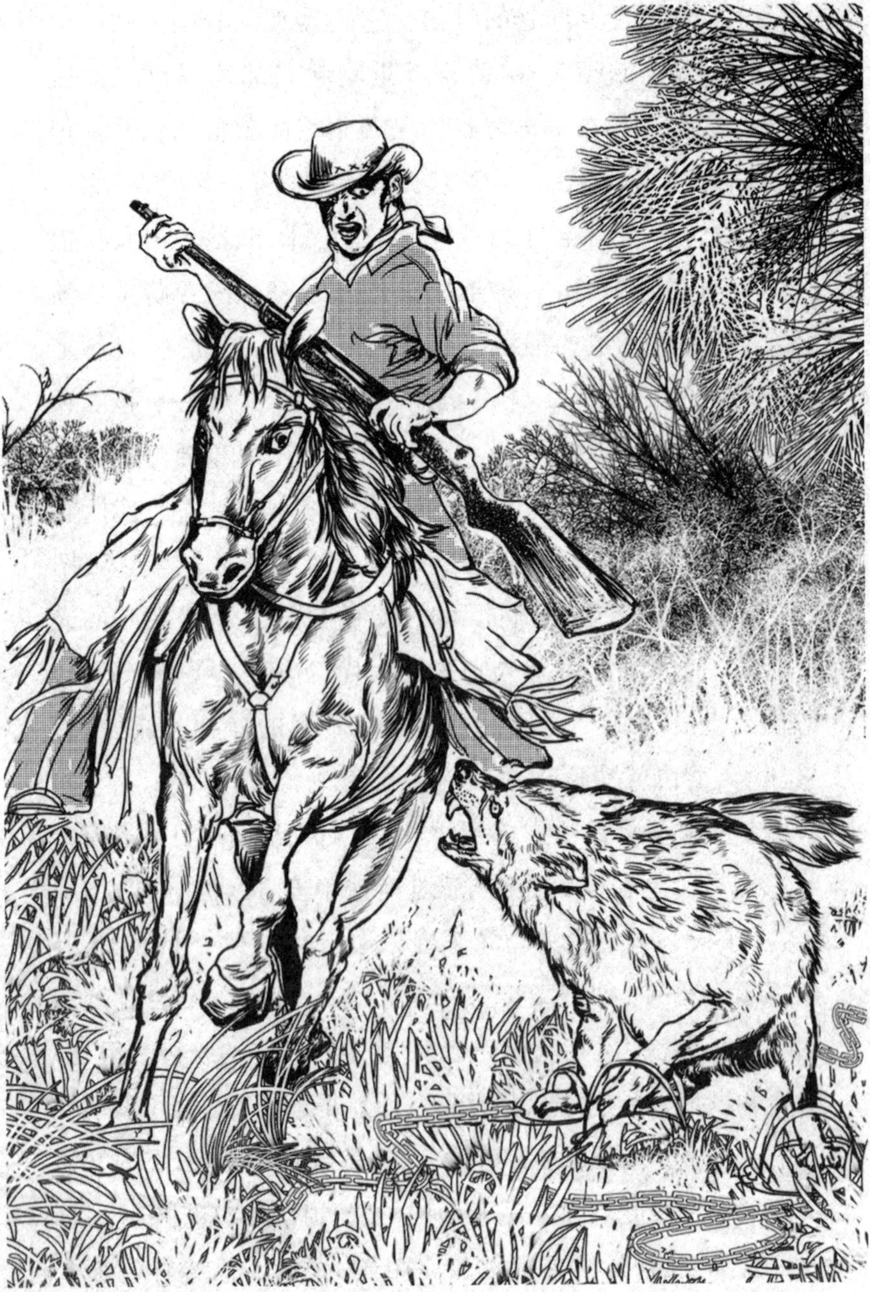

珍贵的皮毛。于是,我骑马疾驰奔回营地,带来一个牛仔和一根新套索。我们扔给罗勃一根木棒,它用牙咬住了。在它放开木棒之前,我们的套索已经呼啸着飞过去,紧紧地套住了它的脖子。

这时候,它眼睛里凶猛的亮光还没有消失。我赶忙喊:"等等,先不要杀死它,让我们把它活着带回营地吧。"它现在已经毫无反抗能力了,我们很容易就将一根结实的木棒横在它的嘴里,放在它的尖牙后面;然后,用一根粗粗的绳索绑住它的嘴巴,再把绳索牢牢地拴在木棒上。木棒紧套着绳索,绳索又紧套着木棒,这样它就不会伤人了。它一觉察到嘴巴被紧紧捆住了,也就不再反抗了。它一声不吭,只是平静地看着我们,好像在说:"好了,你们到底把我抓住了,爱怎么办就怎么办吧!"从那时起,它就再也不理会我们了。

我们牢牢地捆上了它的腿,可它既不呻吟,也不叫唤,甚至连脑袋都不转一下。接着,我们一起用劲,才把它抬到马背上。这时的它呼吸均匀,仿佛在睡觉似的。它的眼睛又变得明亮清澈了,但目光却没有留在我们身上。它凝视着远处那一大片连绵不断的平顶山地,那儿是它的王国,而在那儿,它统领的声名赫赫的狼群已经四分五裂了。它一直盯着那儿,直到马沿着通往峡谷的道路向下走,岩石挡住了它的视线。

我们缓缓地行进,平安抵达了牧场。之后,我们将罗勃松开,给它套上颈圈和粗壮的铁链。我们将它拴在牧场里的木桩上,给它除去绳索。这是我头一次近距离地观察它。

这同时也证实了：在谈到这位英雄或暴君时，民众的传言是多么靠不住。它的脖颈上既没有一圈金色的毛，肩头上也没有一个象征着它是撒旦的代表的反十字。不过，我确实看到它的臀部有一个宽大的伤疤。据说这是特纳雷狼狗队的头领朱诺留下的牙印——这是朱诺倒在峡谷的沙地上，在弥留之际，留给它的纪念。

我把肉和水放在它身旁，但它瞅都不瞅一眼。它静静地趴在那儿，那双黄色的眼睛熠熠闪亮，坚毅的目光越过我，越过峡谷的入口，远远地投向空旷辽阔的草原——这是它的草原啊！当我碰它时，它连一块肌肉都不动一下。太阳落山了，它依然一动也不动地凝视着那片大草原。当夜晚来临时，我希望它会唤来它的狼群，所以早已为它们的到来做好了准备。但是，它只在走投无路、大限临头的那一刻叫过那一次，当时一只狼也没有来，它就再也不叫唤了。

据说，当一只狮子气力耗尽、一只雄鹰被剥夺了自由、一只鸽子丧失了爱侣的时候，都会心碎而死。即便这些强盗再残酷无情，当它同时承受了这三重打击时，它也不可能无动于衷。第二天清晨，罗勃仍然平静地躺在老地方，只是它的灵魂已经不在了——老狼王死了。

我从它的脖子上取下铁链，一个牛仔帮着我把它抬到棚屋里，那儿躺着布兰卡的尸体。当我们把罗勃放在它的旁边时，牛仔大声说："来吧，你不是要来找它吗？现在你们俩又在一起了。"

银斑:一只乌鸦的故事

一

我们有多少人曾经了解过一只野生动物呢?我的意思是说不仅仅遇见过一两次,或者是在笼子里饲养过一只,而是当它还生活在野外时,真正进行过长时间的观察,对它的生活和历史有了深入的了解。一般来说,这样做的麻烦在于,你很难将某只动物从它的同伴中分辨出来。无论是一只狐狸与另一只狐狸,还是一只乌鸦与另一只乌鸦,它们彼此长得实在太相像了,等我们下一次遇见它时,很难判断是不是上一次遇见的那只动物。但是,有时它们中间冒出了一位出类拔萃者,按我们的话说,出现了一位天才,它比同伴们更健壮或更聪明,并且成了它们的大首领。如果它的个头生得较大,或者身上长着某个人们可以识别的标志,那它很快就会在这个地区出名,并且会向人们证明:和许多人类相比,一只野生动物的生活可能更为生动有趣,也更加令人兴奋。

据我所知,属于这一类的动物有,断尾狼柯坦特,它生活在十四世纪初期，曾有十年左右时间使巴黎全城谈狼色变，惊恐不已；还有跛脚的灰熊克拉姆·福特，它曾在加利福尼亚州的圣华金峡谷留下了许多可怕的记录；还有新墨西哥的狼王罗勃，一连五年，它每天咬死一头牛；还有美洲豹索昂尼，在不到两年的时间里咬死了近三百人。乌鸦银斑也是一只这样的动物，现在我就尽我所知，简要地讲述一下它的经历。

银斑是一只聪明的老乌鸦。给它取这个名字，是因为在它的右眼和嘴巴之间，有一个五分硬币大小的银白色斑点。同时，正是由于这个斑点，我才能将它从鸦群中辨认出来，并且把我所知道的银斑的经历整理成文。

你一定知道，乌鸦是我们所见到的最聪明的鸟儿。俗语说"聪明得像一只老乌鸦"，之所以这么说，并非无稽之谈。乌鸦深知组织的重要性，它们就像士兵一样训练有素——实际上比某些士兵的素质要好得多。因为乌鸦总要值勤，总要战斗，为了生活和安全，总要相互依赖。它们的领袖不仅是鸦群中年龄最大、最有智慧的，而且是最强壮、最勇敢的，因为它们必须随时准备使用武力，镇压一次次暴动或叛乱。那些年幼无知、天赋平庸的乌鸦只能做普通兵卒。

老银斑是一支庞大鸦群的头领，它们的司令部设在弗兰克堡，在加拿大的多伦多市附近。那儿位于这个城市的东北郊，有一座长满松林的小山。这个鸦群大约有两百只，我不知道是什么原因，它们的数目一直没有增加过。在暖和的冬天，它们逗留在尼亚加拉河河畔一带；在酷寒的冬天，它们就会飞往更遥远的南方。但是，每年二月份的最后一周，老银斑都会将它的追随者们集结起来，不畏艰险，飞越多伦多与尼亚加拉河四十公里宽的空旷水面。可是，它领飞的航程不是一条直线，而是往往向西绕弯儿飞行，这样它就能把一直看得到的当达斯山脉作为熟悉的地理路标，一直飞到那座长满松林的小山映入眼帘为止。它每年都会带着队伍来这儿，在小山上安营扎寨，大约生活六周的时间。它们到达之后，每天早晨，这些乌鸦都要兵分三路外出觅食。一队飞向东南的阿什布里奇湾；一队往北飞至唐河；一队，也是最大的一群，飞往西北直至峡谷。最后一队，是由银斑亲自率领的。另外两队由谁带领，我始终没有弄清楚。

在风和日丽的早晨，鸦群会高高地飞起，笔直向外飞去。而遇到刮风的天气，它们就会低空飞翔，沿着峡谷避风。我住的房子站在窗前可以眺望峡谷，因此在1885年，我第一次注意到了这只老乌鸦。那时，我是附近的新来户。一位老居民对我说："那只老乌鸦在这条峡谷里飞来飞去，已经有二十年了。"只有在峡谷里，我才有机会观察它们。尽管现在峡谷两边已经盖上了房子，架起了桥梁，但由于银斑总是坚持按老路飞行，于是它便成了我非常熟悉的老相识。每年三月和四月里的一段时间，还有夏季末和整个秋季，它每天总是飞过去，飞回来，经过这儿两次。这使我有机会观察它的行动，听到它发号施令，指挥鸦群。于是，我渐渐弄清了乌鸦生活的这些事实：乌鸦虽然很弱小，却具有极大的智慧。这是一种拥有自己语言和社会制度的鸟类,这种社会制度在许多重要方面和人类社会的一样奇妙,在某些方面,它们甚至比我们人类执行得还要好。

有一次,刮着大风,我站在横跨峡谷的高桥上。这时候,老乌鸦银斑正带领它那拖得长长的队伍朝家的方向飞过来。在半英里以外,我就已经听到了它那满意的叫声,就像我们在说:"一切正常,继续前进!"也许它正是这么说的。这时,在鸦群殿后的副官也随声附和:"呱呱。"

为了避开风头,它们飞得很低。然而,为了越过我站立的那座桥,它们不得不飞高了一些。银斑看见我站在那儿,并且靠近了观察它时,便有点不大高兴。它放慢了飞行速度,叫了一声:"呱!"这表示"大家注意"!

然后,它一下飞向高空。在确定我没带什么武器后,便从距离我头顶大约二十英尺的地方飞了过去。它的部下也随之依次飞了过去。飞过桥以后,它们又重新降回原来的飞行高度。

第二天,我又站在桥上同样的地方。当鸦群飞近时,我举起手杖,指着它们。老银斑立刻大叫:"嘎!"这表示"危险"!

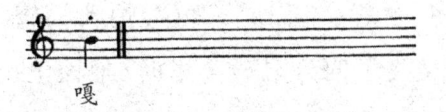

嘎

它们腾空飞至比上次高五十英尺的地方。在确定我拿的不是一支枪后,它竟然冒险飞了过去。

第三天,我真带了一支枪来。这时,它立刻惊叫道:"很危险——枪!"它的副官紧跟着重复这种叫声:"嘎嘎嘎嘎呱!"

嘎嘎嘎嘎 呱

于是,鸦群中的每只乌鸦都直冲云霄,在桥的支架上方纷纷飞散,一直飞到枪子已经够不到的高度,才放心地飞过去。在早已飞出了枪的射程后,它们才降低飞行高度,借助山谷来避风。

还有一次,当这支拖得长长的队伍飞临山谷时,一只红尾巴鹰正停歇在一棵树上,这棵树靠近它们的飞行路线。这位首领大声叫道:"呱!呱!"这似乎在说:"有鹰!有鹰"!

呱 呱

然后银斑停在空中不飞了,其他乌鸦一飞近它,也像它那样叫:"呱呱!"大家也都停下来。最后,所有的乌鸦聚成了结实的一团,这样,它们就不再害怕那只鹰了,继续向前飞行。但是,又飞了四分之一英里时,地面上出现了一个携枪的人,接着又是那种叫声:"嘎嘎嘎嘎呱!"表示"很危险——枪!枪!分头逃命吧"!

嘎嘎嘎嘎 呱

听到这种叫声,鸦群一下子就向四面八方散开,振翅飞上云霄,远远飞出了枪的射程。在长期的接触中,我了解了许多它的发号施令的用语。我还发现,有时一个只有细微差别的叫声会有截然不同的含义。因此,尽管"呱呱"的意思是"鹰",或者任何体型大的、危险的鸟类,而"呱,呱,嘎嘎嘎嘎"的意思却是"赶快转身"。

呱 呱 嘎嘎嘎嘎

这显然是"呱呱"的基本意思"危险"和"嘎嘎嘎嘎呱"的基本意思"撤退"的一种合成。而下面的两声"呱",只不过是在向远处的一位同伴打招呼说:"天气不错!"

呱 呱

通常，下面的命令是下达给队伍的，意思是"注意"。

呱　呱　呱

四月初，鸦群开始骚动起来。它们似乎正在准备迎接什么喜事。它们不像往常一样早出晚归地觅食，而是在松林里消磨半天时光。乌鸦三三两两地聚在一起，相互追逐嬉戏，还不时地炫耀各式各样的飞行技巧。它们最喜爱的一种游戏，是从极高的空中向某只歇息在树枝上的乌鸦突然俯冲下来，就在即将碰触到它的一瞬间，突然改变方向，返回空中。它们飞行的速度是如此之快，使得翅膀急速回旋，拍击出"呼呼"的响声，听起来像是远处的雷鸣声。有时候，一只乌鸦会将脑袋垂得低低的，让每一根羽毛都竖立起来，走到另一只乌鸦跟前，发出一长串类似"咯呜呜呜啊呱"的叫声。

咯　呜　呜　呜　啊　呱

这些意味着什么呢？我不久就弄明白了。原来它们是在求爱呢。雄鸦在向雌鸦炫耀它们强壮的翅膀和美妙的歌喉。而且，它们必定是得到了雌鸦们的高度欣赏，因为到了四月中旬，所有的乌鸦都成双结对地飞散到乡间度蜜月去了，只留下阴郁的弗兰克堡老松林，显得荒凉又沉寂。

二

甜面包山孤零零地耸立在唐谷中。山上树木丛生,与相距仅四分之一英里的弗兰克堡的那些树林连成一片。在这两座小山之间的树林里,有一棵松树,树梢上有个废弃了的鹰巢。多伦多的每个小男生都知道这个鹰巢。另外,除了我在这个窝边上开枪打过一只黑松鼠外,没有人在它周围看出一丝生命的迹象。年复一年,这个老巢一直挂在那儿,又破又旧,眼看摇摇欲坠地就要垮掉了。可说来也怪,它居然一直没有像其他旧鸟巢那样,掉下来摔得七零八落。

五月里的一个早晨,天刚蒙蒙亮,我就出门了。我悄悄地穿过树林,地上的枯叶湿漉漉的,踩上去没有沙沙的声响。我碰巧从那个老巢下经过,惊讶地看到窝边上翘出一根黑色的尾巴。我对着树干猛击了一下,就从窝里飞出来一只乌鸦。这一下,真相终于大白了。很久以来,我就曾怀疑有一对乌鸦夫妇年年在松林里筑巢。但直到今天,我才明白过来,那对乌鸦正是银斑和它的妻子,这个旧巢原来是它们的家。它们实在是太聪明了,居然年年都不让这个老巢露出一点点春季大扫除和家务管理的迹象。它们已经在这儿住了很长时间,而那些渴望猎鸦的持枪男人和男孩每天都从巢下路过。之后,我再也没有惊动过这个老家伙,尽管有好几次,它都出现在我的望远镜里。

有一天,我在用望远镜观察时,发现一只乌鸦正在飞越唐谷,嘴里衔着一块白色的东西。它先飞到罗斯代尔河口,然后飞了一小段路,飞到了比弗尔榆林。在那儿,那个白色的东西掉落下来。于是，它四处张望。这下，我有机会认出来，它正是我的老朋友银斑。不一会儿，它叼起那块白东西——一块贝壳——从溪水中走过去，渡过水泉。就在这儿，也就是在羊蹄草和臭菘草丛里，它挖出一堆贝壳和另外一些白色的、闪光的东西。它将这些东西在太阳底下摊开，一会儿翻来翻去，一会儿又一块一块地用嘴叼起、放下，一会儿又趴在上面像孵蛋一样。它反复地摆弄它们，活像个守财奴一样心满意足。这是它的业余爱好，是它的癖性。就像一个男孩说不清为什么喜欢集邮，或是一个女孩说不清为什么更喜欢珍珠而不是红宝石一样。银斑也说不清为什么喜欢这些玩意儿，但是它从中感受到的乐趣却是真真切切的。半个小时后，它用泥土和树叶将这些东西一股脑儿掩埋起来，包括那块新衔来的贝壳，然后就飞走了。我立刻前往那个地点，察看它的收藏品。所有的东西加起来，多得大概能装满一帽子，主要是白色的小卵石、贝壳，还有一些罐头盒上的小锡片儿。不过，里面还有一个瓷杯把儿，这一定是这些收藏品中最珍贵的宝物了。那一次，也是我最后一次看到这些东西。银斑知道有人发现了它的宝藏，便马上将它们转移了。藏到哪儿去了，我永远也不会知道了。

在我对它密切观察的这段时间里，它经历过不少次的惊险，但都逃脱了。它曾被一只食雀鹰狠狠地抓过，也常常会因极乐鸟的追逐而不得安宁。尽管这些猛禽不会给它造成多大的伤害，但它们对它而言，都是些不胜烦扰的坏蛋，它必须尽可能地快速摆脱它们的纠缠。这就像一个成年人避免和一个吵闹不休、调皮捣蛋的男孩发生冲突一样。另外，它也会做一些残忍的恶作剧。它有一个习惯，那就是每天早上，它会轮番飞去察看一些小鸟的巢，吃掉它们新下的蛋。它这么做，就像医生探视它的病人那么频繁、那么有规律。但我们也许大可不必因此而给它定下罪名，因为它的举动不就像我们对待谷场院子里的母鸡的方式一样吗？

银斑常常会显露出它那机敏的智慧。有一天，我看见它嘴里衔着一大片面包，朝着峡谷飞下去。这时，它身下的那条溪流正被人用砖围砌一条暗沟，有一段两百码的距离已经完工。当它从未封顶的水面上飞过时，那片面包从它嘴中滑落水里，湍流将面包卷入看不见的暗沟里。它落下来，徒劳地瞅了瞅那个黑黢黢的洞穴。之后，它灵机一动，飞到小溪下游，在隧道的另一端等着那片漂浮的面包重新出现。当面包被急流冲卷着向前方流去时，它一下叼住了面包，带着战利品得意扬扬地飞走了。

银斑是这个世界上一只真正成功的乌鸦。它居住的地区尽管充满了危险，但也充满了丰富的食物。在那个破旧的、年久失修的老巢里，它和妻子每年都会孵养一窝小乌鸦。顺便说一句，我一直没有认出来哪一只是它的妻子。而当乌鸦们又聚集在一起的时候，银斑便成为它们公认的首领了。

鸦群重新集结的日子，大约是在六月末。这时候，那些小乌鸦也被父母们带来了。这些小家伙翘着短短的尾巴，拍着柔嫩的翅膀,发出尖细的叫声,个头长得和父母差不多大。它们被引入老松林的乌鸦社会中,这片树林立刻就成了它们的城堡和大学。在这儿,它们懂得了:只有群居才会得到安全,只有飞得高,或是栖息在隐蔽的树枝上才会得到安全。在这儿,它们将开始自己的学习生涯,被教授乌鸦生活中种种成功的秘诀。它们还被教导,在乌鸦的一生中,哪怕是最小的失败,也不仅是意味着从头来过,而是意味着死亡。

鸦群重聚树林后,小乌鸦们必须花一两个星期的时间,彼此逐渐认识。因为每一只乌鸦都得熟悉鸦群中的所有成员才行。趁此机会,在完成辛苦繁重的抚育工作之后,小乌鸦们的父母也要休息休息了。因为,小家伙们现在能够自食其力了,它们在树枝上歇息,排成一排,就像大乌鸦们一样。

一两周之后,换毛的季节到了。这段时间里,老乌鸦们往往易于脾气急躁,紧张不安,但这并不妨碍它们着手训练小乌鸦的工作。当然,小家伙们不太喜欢惩罚和责骂,因为从前它们一直是妈妈疼爱的心肝宝贝,这一切太突如其来了。不过,正像一位老妇人一边剥鳝鱼皮,一边说的那样:"这全是为了它们好啊。"况且,老银斑又是一位出色的老师。有时候,它看起来像是在对小乌鸦们发表演说。我猜不出它说的是什么,可从大家接受的样子来看,必定是妙趣横生、机智诙谐的。每天早晨,它们都要进行一次集体训练。小家伙们按照年龄和体力的大小,自然地分成两三个小队。一天里其余的时间,它们就各自跟随父母外出去觅食。

最后,在九月来临之际,我们发现它们有了一个巨大变化。那群乱哄哄、傻乎乎的小乌鸦开始懂事了。它们眼睛上蒙着的那层淡蓝色的虹膜换成了老乌鸦的深棕色,这标志着它们不再是一只傻小鸦了。现在它们明白了训练的意义,还认识到站岗放哨的重要性。它们也学会了识别枪和捕鸟机,同时,还专门学习了识别线虫和嫩玉米的课程。它们知道,一个又老又胖的农妇,虽然体积大得多,但和她十五岁的儿子相比,危险却小得多。它们还会将这个男孩子和他的姐妹区分开。它们知道,雨伞不是枪。它们能数数,可以从零数到六,虽然老银斑可以数到将近三十,但这对小乌鸦们来说,已经相当不错了。它们能闻出火药味儿,还能识别哪边是一棵铁杉树的南面。它们开始为自己是世界上的一只乌鸦而自鸣得意了。在停落后,它们总要收拢三次翅膀,并确保动作干净利落。它们懂得如何搅得一只狐狸放弃吃了一半的晚餐;也懂得遭到极乐鸟或者紫燕袭击时,它们必须俯冲进灌木丛里,因为要想战胜这种小坏蛋是不可能的,这就像那个卖苹果的胖女人无法抓住那些突然跑来偷她苹果的小男孩们一样。所有的这些事情,小乌鸦们都知道。但是,它们还没有上过搜猎鸟蛋的课程,因为现在不是季节。它们还不熟悉蛤蜊,没尝过马的眼睛,还没见过发了芽的玉米。它们对旅行这件事情也还一无所知,更不懂得旅行才是它们所接受的训练中最伟大的一项。两个月以前,它们根本没有想到过这件事,而从那时起,它们开始惦记了。不过,它们已经学会了等待,直到长辈们准备妥当才会出发。

到了九月,老乌鸦们也发生了巨大变化。换羽毛的季节结束了。现在,它们又长出了丰满的羽毛,因此,个个都为自己这身美丽的新衣裳感到骄傲。它们的身体又强壮起来了,脾气也好了很多。就连老银斑这位严厉的老师,也变得非常快活。这些小家伙们很早以前就学会了尊敬它,现在开始真正喜欢上它了。

银斑兢兢业业地坚持训练小乌鸦。它要教会小乌鸦们全部有用的信号和口令。如今,一大早看到它们,可真是件愉快的事情啊!

"一队!"这位老首领会"呱呱"地喊叫着,一队的乌鸦便会大声嚷嚷着响应它。

"起飞!"老首领率先起飞,鸦群就紧跟着它,笔直地向前飞。

"升高!"它们立刻转身,笔直地向上飞。

"集合!"它们就黑压压地挤成密密麻麻的一团。

"散开!"它们就像随风飘落的树叶一样,纷纷四散。

"列队!"它们就排成一条长长的直线,就像平日飞行时一样。

"落下!"它们就统统降落到几乎接近地面的地方。

"觅食!"它们就飞落下来,四散寻找食物去了。这时候,两只长期担任哨兵的乌鸦就要去站岗值勤了:一只乌鸦飞到右边的树上,另一只飞到左边远远的一处小山上。过了一两分钟,银斑大叫一声:"有枪!"两只乌鸦哨兵重复着它的口令,鸦群立即以散开的队形,尽快地从四面八方向着树林飞去。一旦飞到树林后面,它们就会重新列队,往松林里的家飞去。

　　放哨的任务并不是由全部乌鸦轮流执行,只有一定数量、经常表现出高度警惕性的乌鸦,才会成为永久的哨兵。它们一边要自己觅食,一边还要负责警戒的任务。在我们看来,这样做对它们似乎相当苛刻,但在鸦群中却是行之有效的。因此,所有的鸟儿都承认:乌鸦的组织性在鸟类世界中是最强的。

　　每年的十一月份,我们都会看到,在一向聪明的银斑的率领下,这支乌鸦队伍出发向南飞去了。它们将在那儿学习新的生活方式,识别新的陆地界标,寻找各种新的食物。

三

　　只有一种时刻,乌鸦会变成傻瓜,那就是夜晚;只有一种鸟儿,会让乌鸦感到恐惧,那就是猫头鹰。因此,当这两个因素凑在一起的时候,对这种浑身漆黑的鸟儿来说,真是一件很可悲的事儿。

　　天黑之后,远远传来一只猫头鹰咕咕的叫声,就足以让乌鸦把藏在翅膀下的脑袋伸出来,瑟瑟发抖地蹲着,凄惨地挨到天亮。在严寒的天气里,它们这样把脸暴露在外面,常常会将一只或是两只眼睛冻住,随之而来的就是失明,然后为之丧命。因为,生病的乌鸦是没有医院可以去就医的。

可是,只要黎明一来,乌鸦们的勇气就恢复了。它们抖擞精神,仔细搜寻方圆一英里的树林,直到找到那只猫头鹰才罢休。乌鸦们即使要不了那只猫头鹰的命,至少也会把它折磨个半死,然后,再把它驱赶到二十英里开外的地方去。

1893年,这群乌鸦一如既往地来到弗兰克堡。几天之后,我正在林中漫步,偶然发现了一只兔子的脚印,看得出它一直在雪地上全速奔跑,在林木间东躲西闪,好像有什么东西在追赶它。说来也怪,我并没有发现追猎者的足迹。我沿着兔子的脚印往前走,不久就看见雪地上的一滴血。再走不远,我发现一只小棕兔被吞食后的残骸。是什么动物杀死了它呢?这还是个谜。后来,经过仔细勘查,我才发现雪地上露出一个巨大的双趾爪印,还有一根漂亮的带条纹的棕色羽毛。于是,谜团解开了——凶手是一只长角猫头鹰。半小时后,当我又经过这个地方时,发现在离小兔子尸骨不到十步远的一棵树上,蹲着那只目光凶狠的猫头鹰,凶手居然还在犯罪现场闲逛呢!这便间接说明,犯下罪行的确实是它。当我走近的时候,它的喉咙里发出"咕噜噜"的叫声,接着便懒洋洋地飞了起来,飞越到它日常出没的那片阴郁的森林里去了。

两天以后,天刚破晓,鸦群就大声聒噪起来。我一大早就出去察看,发现雪地上散落着一些黑色的羽毛。我朝着羽毛吹来的方向追踪过去，不一会儿，就看见一只乌鸦血淋淋的残骸，还有那个巨大的双趾爪印。现场的景象再次告诉我，凶手就是那只猫头鹰。尸体周围留下的全是搏斗的痕迹，可是这个残暴的凶手实在太强大了，可怜的乌鸦一定是在夜里被它从栖息的树枝上拖下来的，而黑暗使乌鸦处于毫无办法的不利处境。

　　我翻动那个残骸，无意间拨开了它的脑袋——不禁大吃一惊，不由得发出一声悲叹。天哪！这正是老银斑的脑袋。它长长的一生为自己的部族做出了巨大贡献，现在宣告结束了——尽管它曾成百上千次地教导小乌鸦们要当心猫头鹰，到头来它自己还是被猫头鹰夺去了性命。

　　如今，甜面包山上的那个老巢已经被彻底废弃了。到了春天，鸦群依旧飞到弗兰克堡来，然而它们那赫赫有名的头领却已经不见了。于是，乌鸦的数目便不断地减少。不久以后，它们就从那片老松林里消失了。在那儿，它们和它们的祖先曾经生活过许多许多年。

豁耳朵：一只棉尾兔的故事

豁耳朵，或叫豁豁，是一只小棉尾兔的名字。之所以给它取这个名字，是因为它有一只被咬破了的豁耳朵，这是在它生平第一次冒险中留下的终生标记。豁耳朵和它的妈妈生活在奥里芬特的沼泽地里。我在那儿认识了它们，并千方百计搜集到点点滴滴的证据和零零碎碎的事实片断，终于写出了这段历史。

那些对动物生活不太了解的人，也许认为我把它们描写得太人性化了，而那些真正和它们接触过，对它们的生活习性和思想略知一二的人，就不会这样认为。

诚然，真正的兔子说不出我们人类听得懂的语言，可它们有自己表情达意的方式，那就是通过声音、记号、气味、胡须的碰触、动作，以及能起到语言作用的示范等办法来传达思想。尽管在讲述这个故事时，我将兔子的语言意译成了英文，但有一点你千万不要忘了：我没有转述过一句它们不曾说过的话。

43

一

在一片沼泽地里,茂密的青草弯弯地垂下来,遮盖着一个安乐窝,豁耳朵的妈妈就把它藏在那儿。妈妈用一些垫草盖住了豁耳朵的半个身子,然后像往常一样发出告诫:"无论发生什么事,都要趴下,别吱声儿。"虽然蜷缩在床上,豁耳朵却完全清醒着。亮晶晶的眼睛被头顶上那个小小的绿色世界吸引住了。一只蓝松鸦[1]和一只红松鼠,两个臭名昭著的小偷,正在相互严厉地斥责对方偷了东西。有一段时间,豁豁家的灌木丛就成了它们的主战场。就在离豁豁的鼻子仅有六英寸的地方,一只黄色的小鸟捉住了一只蓝色的蝴蝶;一只红黑相间的瓢虫安详地挥舞着它那多节的触须,长途跋涉般地爬过了一片草叶,又沿着另一片草叶爬下来,刚好穿过了豁豁的窝,从它的脸上方爬过去了——可它一动也没动,甚至连眼睛都没眨一下。

过了一会儿,豁豁听到附近的灌木丛里响起一种奇怪的树叶的沙沙声。这是一种古怪的、连绵不断的声音。尽管这种声响忽左忽右,离这边越来越近,却没有伴随着嗒嗒嗒的脚步声。在豁豁的沼泽地生涯里(它已经出生三个星期了),还从来没听到过这样的声音呢。当然喽,它的好奇心被大大地激发起来了。虽然母亲已经叮嘱过它要趴下,但这是说在危险的情况下,而这种没有脚步落地的奇怪的声音,并没什么好怕的。

---

[1] 蓝松鸦:又名冠蓝鸦、蓝樫鸟、北美蓝鸟等,是一种漂亮的鸣鸟,头顶上有一个灰蓝色的羽冠。原产于北美洲。

这种低低的刺耳响声从附近经过,一会儿在右边,一会儿又传回来,似乎就要走开了。豁豁觉得自己知道应该做什么,它已经不再是个小兔宝宝了,有责任了解一下发生了什么事情。它用毛茸茸的小腿慢慢地支起胖嘟嘟的身体,抬起圆圆的小脑袋,顶开兔窝上的草盖儿,偷偷地向林中张望。它这么一动,那个声音就停止了。它什么也没看见,于是就往前跳一步,想看个清楚。它立刻就发现,和自己面对面的是一条巨大的黑蛇。

那个怪物突然向它冲过来,豁豁害怕极了,于是尖叫道:"妈咪!"它使出四条小腿上全部的力气,拼命地逃跑。但是一刹那间,那条蛇已经咬住了它的一只耳朵,随即扭动身躯将它缠起来,然后心满意足地盯着这只可以当饭吃的小兔崽子。

这个残忍的怪物开始慢慢缠紧,想勒死豁豁。可怜的小豁耳朵上气不接下气地叫着:"妈——咪——妈——咪——"不一会儿,这小小的叫喊声就要停止了。可就在这时,从树林里像箭一般地跳出了小兔子的妈妈莫莉。莫莉不再是那只一见到影子就准备飞快逃窜的、胆小又无能的小棉尾兔了:它的身上涌动着强烈的母爱。兔宝宝的哭喊让莫莉充满了勇气。于是,莫莉噌地一跳,就从那个可怕的爬行动物身上跃了过去。在跃过时,莫莉用锋利的后爪狠狠地抓了一下大蛇,给了它沉重的一击。那条蛇被这剧烈的抓击刺痛了,它痛苦地扭动着身体,愤怒地发出咝咝声。

"妈——啊——啊——咪——"从小兔子的嘴里传出微

45

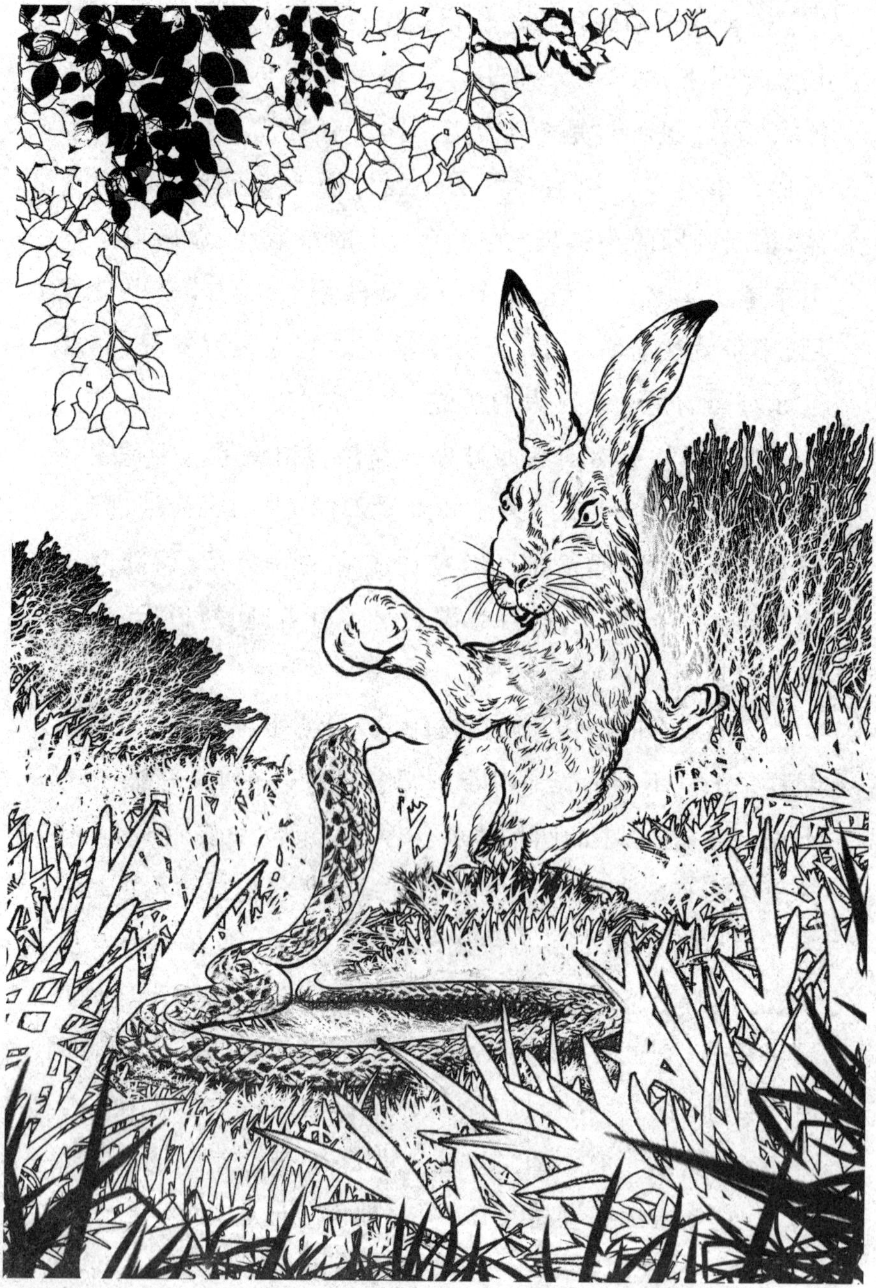

弱的叫声。兔妈妈一次又一次跳过去,抓击得越来越用力、越来越猛烈,直到那条可恶的大蛇松开了小兔子的耳朵。大蛇企图在莫莉跳来跳去时咬住它,可每次咬到的都只是满嘴的兔毛。而莫莉凶猛的攻击则初见成效,那条大黑蛇的鳞甲上被撕出一条条血淋淋的长口子。

现在看来,情况似乎对黑蛇不利。为了振作精神,准备下一次的进攻,黑蛇松开了紧缠的兔宝宝。豁豁立刻从蛇的缠绕中挣脱出来,它跑进灌木丛里,吓得喘不过气来。但所幸它得救了,只有左耳朵被那条可怕的大蛇的牙齿咬烂了。

现在,莫莉的目的已经完全达到了。它无心为了荣耀或者复仇而恋战。于是,莫莉嗖地跳进树林跑走了,雪白的尾巴像指路的信号灯一样闪闪发光,小兔子豁耳朵紧随其后。莫莉一直把豁耳朵领到沼泽地中的一个安全角落里,才停下来。

二

老奥里芬特的沼泽地是一片崎岖不平、荆棘密布的再生林,有一条溪流从沼泽地中央流过。古老森林留下来的一些参差不齐的树木依然挺立在那儿,几根更古老的树干已经成了枯木,横七竖八地躺在灌木丛中。池塘周围长满柳树、莎草之类的植物,除了牛不害怕,猫和马都会退避三舍。在稍干燥一些的地带,长满了荆棘和小树。沼泽地的边缘与原野接壤,那里长满了树干布满胶液的小松树。它们那伸向空中的活松针和落在泥土里的死松针，散发出芬芳迷人的气味。当你路过时，香气就会扑鼻而入。但对于那些与松树抢夺非常稀少的肥料来生存的小树苗来说，这种气味却是致命的。

沼泽地周围是一望无际的平坦的原野。原野上唯一的足迹，是一只住得离这儿很近的狐狸留下的。它可是个坏得彻头彻尾、无耻之极的家伙。

莫莉和豁耳朵是沼泽地的主要居民。即使最近的邻居也离它们很遥远，而和它们关系最近的亲属都已经死了。这儿就是它们的家。在这儿，它们一起生活。在这儿，豁豁接受了训练，这些训练使它的一生获得了成功。

莫莉是一个能干的妈妈，它无微不至地喂养和教导着豁豁。豁豁学会的第一件事就是"趴下，别吱声儿"。遭遇那条黑蛇的危险让它懂得这是一种明智的做法。豁豁永远不会忘记那个教训。此后，它一直照妈妈教它的那样去做，这就使它学习别的技能时容易得多。

豁豁上的第二课是"僵住别动"，这是从第一课生发出来的。它刚刚会跑时就学会了。

"僵住不动"说来很简单，就是什么都不做，突然变成一尊雕像。一只训练有素的棉尾兔只要发现附近有天敌，无论正在做什么，它都会保持不动，停止一切活动。因为森林中的动物和周围其他东西都是相似的颜色，只有运动的时候才会被发现。因此，当与敌人冷不丁相遇时，首先看到对手的动物就会通过"僵住不动"的方式来隐藏自己，这样才会占尽有利时机，选择进攻或者逃之夭夭。只有那些生活在森林里的动物才会明白，这样做是多么重要。每一只野生动物，每一个猎手都必须学会这种本领。虽说动物们都熟练掌握了这一技巧，但身体力行时，却没有谁比得过棉尾兔莫莉。豁豁的妈妈通过亲自示范来教给它这种技巧。每当妈妈拖着棉坐垫似的白尾巴忽上忽下地在森林里穿越时，豁豁当然也会尽力地紧紧跟随。但是，每当莫莉停下来，做出"僵住不动"的样子时，豁豁就会模仿它做出一模一样的动作。

然而，豁豁在妈妈那儿上的最精彩的一课还是利用野蔷薇丛避难。如今，这已经变成一个非常古老的秘诀了。为了将这个秘诀弄明白，你必须先听一听野蔷薇跟其他动物不和的原因。

很久很久以前，蔷薇花一直生长在没有刺儿的灌木丛里。可是，那些松鼠和老鼠常常乱爬弄坏花，牛儿常常用犄角撞花，负鼠①会用长长的尾巴扫花，鹿会用蹄子踢花。于是，野蔷薇长出尖刺来护卫花朵，并向所有会爬树的、有角的、长蹄的和带长尾巴的动物宣战，表示永远对抗下去。余下来能够和野蔷薇和平相处的，就只有棉尾兔莫莉了。因为莫莉不会爬树，没有角，没有蹄子，只有短得几乎没有的尾巴。

---

①负鼠：一种比较原始的有袋类动物，分布于加拿大东南部，向南通过美国东部和墨西哥到达阿根廷境内南纬47°的地区。负鼠在躲避敌人时有一个"装死"的绝招，可以迷惑许多天敌。

事实上,棉尾兔从来也没有弄伤过一枝蔷薇花。现在野蔷薇由于树敌太多,便对棉尾兔特别友好。每当危险降临时,棉尾兔总是飞快地跑进离自己最近的野蔷薇丛中。野蔷薇呢,当然也会准备好千千万万个又尖又毒的短刺来保护棉尾兔。

因此,豁耳朵从妈妈那儿学来的秘诀就是"野蔷薇丛是你最好的朋友"。

在那个季节里,豁耳朵花了很多时间来了解地形,熟悉荆棘和野蔷薇丛里弯弯曲曲的小路。它的学习成绩非常优秀。豁耳朵能够经过两条不同的道路,跑遍整个沼泽地,所到之处都不会离友好的野蔷薇丛超过五步。

不久,棉尾兔的敌人们就很厌恶地发现,人类带来了一种新型荆棘,它被种植在整个地区,排成一道道长线。这种荆棘长得非常坚硬,没有哪种动物能够弄断它;它还长得非常锋利,不管多么坚韧的皮肤都会被刺破。这种荆棘每年都在增多,年复一年给当地野生动物带来越来越严重的问题。但是,棉尾兔莫莉却一点都不怕它。它可没有白在野蔷薇丛里长大呀!无论是狗和狐狸,还是牛和羊,甚至连人类自己都有可能被那些可怕的尖刺划破。可莫莉了解这种尖刺,它就在它的保护下生活,并且生长得健康茁壮呢。这种荆棘蔓延得越广,对棉尾兔来说,安全的地方就越多。这种可怕的新型荆棘的名字就叫——带刺铁丝网。

三

　　如今,莫莉没有别的子女需要照料,因此豁豁得到了它全心全意的关爱。豁豁不但长得强壮,而且还特别聪明、敏捷。同时,它又碰到了不寻常的好机遇,因此,它生活的各方面都进展得相当顺利。

　　整整一季,莫莉都让豁豁忙着钻研足迹的学问,还学习该吃什么,该喝什么,什么东西是不能去碰的。日复一日,莫莉做的工作就是训练豁豁。莫莉一点一滴地教豁豁,往它的脑子里灌输进了许许多多的想法,这些想法有的来源于莫莉自己的生活经验,有的是它早年接受训练时记住的。它用那些使它们的族类生存所必需的知识来武装豁豁的头脑。

　　豁豁紧挨在妈妈身边,坐在苜蓿地或灌木丛中。它有时模仿妈妈的样子,翕动鼻子来"保持嗅觉灵敏";有时会从妈妈的嘴里扯走一点儿食物,或者舔舔妈妈的嘴唇,以便确定它吃到的是跟妈妈同样的东西。它还通过模仿妈妈,学会了用两只爪子梳梳耳朵,整整外衣,将背心和袜子里的芒刺咬出来。它还知道,只有荆棘上清澈的露珠才适合兔子喝,因为水一旦接触到泥土,必定会沾染上脏东西。就这样,豁豁开始学习森林生存技巧,这可是一门最古老的学问。

　　等豁豁一长大,可以独自外出活动了,妈妈就教给了它兔子的通信密码。兔子彼此发电报的方式就是,用后脚使劲拍打地面,这样声音可以沿着地面传到很远的地方。在离地面六英尺高的地方用力拍打一下,二十码之外就听不见了。但如果是贴近地面的话,至少在一百码远的地方都能听到。而且兔子的听觉异常灵敏,用同样的力道拍打一下地面,它们可能在二百码的地方都能听到。这段距离意味着可以从奥里芬特沼泽地的这头传到那头。当兔子单是"咚"地拍打一下地面时,意思是"小心"或者"僵住不动——";慢慢地"咚——咚——"拍打两下时,意思是"来吧";急速地"咚、咚"拍打两下时,意思是"危险";而当它飞快地"咚、咚、咚"连续拍打地面时,意思是"赶紧逃命吧"!

有一天,风和日丽,蓝松鸦们却吵闹不休。这个信号表明,周围肯定没有危险的敌人。豁豁开始学习一项新本领。莫莉放平耳朵,发出一个信号让豁豁蹲下来。然后,莫莉跑进远处的灌木丛里,"咚——咚——"拍打地面发出一个"来吧"的信号。豁豁马上向妈妈那儿跑了过去,却没有发现莫莉。于是它也用力拍打地面,却没有得到回应。豁豁只好开始仔细搜寻,它嗅到了妈妈脚上的气味,便跟着这个所有的动物都非常熟悉、而人类却对此一窍不通的特别的向导去找它。豁豁嗅出了妈妈的足迹,终于在它藏身的地方找到了它。就这样,它学会了追踪的第一课。小兔子正是在玩这种"藏猫猫"的游戏中,接受了严肃的追逐训练,而在它今后的生活中,这种追逐将会频繁遇到。

在第一学期结束之前,豁耳朵已经学会了兔子赖以生存的主要本领,并且在不少问题上显示出它是一个真正的天才。

豁耳朵在利用"野蔷薇丛避难""闪躲""蹲伏"等技能

方面是个行家,它还会根据风向"僵住不动",通过"按原路返回"来设置追踪障碍,这些方法它运用得非常娴熟,几乎可以不需要其他什么生存技巧了。虽然它还没尝试过,却刚刚学会了怎么利用"铁丝网",这可是一种高明的新技能。它进行了一项关于"沙地"的专门研究,因为"沙地"可以消掉所有的气味。它还精通"换班""跳栅栏""急转弯",就像精通"洞穴蛰伏"一样。"洞穴蛰伏"可是一种需要更长时间学习的本领。它永远不会忘记"趴下",这可是一切智慧的起点;也永远不会忘记"野蔷薇丛",这可是个万无一失的绝招。

妈妈还教豁耳朵了解各种敌人到来时的迹象,以及挫败它们的办法。无论是老鹰、猫头鹰、狐狸、猎狗、野狗、水貂、黄鼠狼、猫、臭鼬、浣熊还是人,都有各自独特的追猎方式。针对可能发生的各种灾祸,豁豁学会了种种不同的应对方法。

豁耳朵懂得,要想知道有没有敌人来了,首先要依靠自己和妈妈,然后还得依靠蓝松鸦。"千万不要忽视蓝松鸦的警报!"莫莉对它说,"尽管蓝松鸦总是喜欢恶作剧,坏别人的事情,还喜欢小偷小摸,可什么东西也逃不过它们的眼睛。它们从不在乎是否会伤害我们,但是多亏这些野蔷薇丛,它们不能伤害我们。而它的敌人也是我们的敌人,所以,留心它的叫声准没错儿。啄木鸟很诚实,如果它发出警报,你可以完全信任它。但和蓝松鸦相比,啄木鸟简直是个傻子。因此,虽然蓝松鸦喜欢撒谎捉弄我们,但当它带来坏消息时,相信它,就会确保我们平安无事。"

巧妙利用铁丝网避难需要非凡的勇气和强劲的四肢。很久之后,豁豁才敢尝试这个技能。不过,等它长到身强力壮时,玩铁丝网成了它最喜爱的把戏之一。

"对会玩的动物来说,这是一项绝妙的玩意儿。"莫莉说,"首先,你得引诱追赶你的狗直冲过来,假装几乎要被它抓住了,惹得它心急火燎。这时候,与它保持一步之遥的距离,引着它跑一段长长的斜坡,然后猛冲进齐胸高的带刺铁丝网。我见过很多狗和狐狸被铁丝网弄跛了腿,还有一只大猎狗当场毙命。但我也见过不少兔子试着玩这套把戏时丧了命。"

豁耳朵打小就学会了有些兔子永远都学不会的本领。比如说"洞穴蛰伏"吧,并非像看起来那样是个上策,对于一只机灵的兔子来说,这样做或许相当安全;但对一只笨兔子来说,毫无疑问,这迟早是个死亡陷阱。在遇到危险时,一只小兔子总是先想到"洞穴蛰伏";而一只大兔子呢,除非黔驴技穷,否则是绝不会使用这一招来逃生的。"洞穴蛰伏"意味着可以逃过捕猎的人或狗,也可以躲过捕食的狐狸或猛禽;但如果敌人是雪貂、水貂、臭鼬,或者是黄鼠狼的话,就意味着死亡的必然降临。

在这片沼泽地里,只有两个地洞。一个地洞在阳坡河岸,位于沼泽地南端的一个干燥隐蔽的圆丘中。圆丘的上面很开阔,斜冲着太阳。在天气晴朗的日子里,棉尾兔一家喜欢在这儿享受日光浴。它们躺在散发着芳香的松针和鹿蹄草①里，四肢伸展，姿势古怪得像猫一样，还像烤东西似的，慢慢地翻过来翻过去，希望烤得面面俱到。它们眨巴着眼睛，喘着粗气，身子不安地扭动着，好像痛苦得要命似的。其实，在它们看来，晒太阳可是最惬意的一种享受。

在圆丘的陡坡上，有一个巨大的松树桩。它的树根奇形怪状，在黄黄的沙岸上蜿蜒开去，活像一条条龙。很久以前，在这些松根的保护下，一只闷闷不乐的老土拨鼠就挖了一个洞穴。好几个星期过去了，它的情绪变得越来越低落，脾气也越来越坏。有一天，它不肯进洞，却等着跟一只奥里芬特的狗吵架。于是，一小时之后，棉尾兔莫莉就将这个洞穴据为己有了。

这个松根下面的洞穴非常凉爽，后来被一只厚颜无耻、年轻气盛的臭鼬抢占了。如果它不是那么胆大妄为的话，也许能安享天年。因为它竟然认为即使带枪的人也会对它退避三舍。它把莫莉赶走却并没有得到什么好处，它的统治就如同某个希伯来国王一样，不到七天就结束了。

另外的一个洞位于紧邻苜蓿地的蕨草丛里。这个洞又小又潮湿，在走投无路时，可以作为最后的避难所，除此之外没什么用处。这个洞也是一只土拨鼠的劳动成果。这只土拨鼠可是个好心、友善的邻居，但也是个轻率的小家伙。如今，它的皮已经被做成一条鞭子，在奥里芬特马车队里用来赶牲口，释放着越来越大的力量。

---

① 鹿蹄草：又称为冬青、平铺白珠树、白珠树。一种蔓延的多年生的常绿灌木，原生在加拿大南部和美国。每年5～9月开白花，果实鲜红。

"这完全是公平的,"马车队里的老头儿说,"因为土拨鼠是靠偷吃牲口的饲料长大的,所以它当然会转化为马车队的动力。"

棉尾兔现在是这些洞穴独一无二的主人了。除非万不得已,它们是不会在这些洞穴附近活动的,生怕会踩出一条路之类的痕迹,向某个敌人泄露了这最后的两处避难所。

这里还有一棵空心的山胡桃树,尽管树快要倒了,但树叶依然是绿油油的。这棵树还有一个很大的优点,那就是树洞两头都敞开着。长期以来,这儿隐居着一只孤独的老浣熊劳特[①]。它公开的职业是捕猎青蛙,按说应该像那些老修道士们一样,不沾荤腥,但是它一有机会就想开怀饱餐一顿兔肉。最后,在一个漆黑的夜晚,当老浣熊偷袭奥里芬特家的鸡舍时,被杀死了。莫莉不但没有感到一点惋惜,反倒觉得无比欣慰,心安理得地将那个安乐窝据为己有了。

四

一个八月的早晨,灿烂的阳光洒在这片沼泽地上。所有的景物似乎都沉浸在温暖的阳光里。一只棕褐色的小麻雀站在池塘里一棵长长的灯芯草上,摇摇晃晃。在它下面,有一片开阔的水面。脏水把映在里面的天空分成几块蓝色的碎片,映衬着水面上黄色的浮萍,形成了一幅优美的拼图,点缀在画面中间的是这只小麻雀的倒影。在池塘后面的堤

[①]劳特:北美浣熊(coon)的拉丁学名为 Procyon Lotor,作者遂为浣熊取此名。

岸上,生长着一大片茂盛的黄绿色臭菘①,它们将浓浓的阴影投在了沼泽地褐色的草丛上。

沼泽麻雀的眼睛虽未经训练,不懂欣赏那些斑斓绚丽的色彩,但有时它却能看见我们可能错过的东西。在宽阔的臭菘叶下面覆盖着无数个褐色草丘,其中有两个丘包是毛茸茸的活物。它们身体的其他部位都静止不动,鼻子却一刻不停地上上下下翕动着。

那就是莫莉和豁耳朵。它们蹲在臭菘下面,并不是因为喜欢臭菘那种难闻的气味,而是因为那些长着翅膀的蜱虫②一定不会落在上面,这样它们就可以安静地待一会儿。

兔子没有固定的上课时间,它们时时刻刻都在学习。至于学习的课程是什么,就取决于眼前突发的情况是什么,而这些情况总是突如其来、无法预知的。它们来这个地方想安静地休息一会儿,可在那儿还没待多长时间,那只时刻保持警惕的蓝松鸦突然发出一声警报。莫莉立刻将鼻子和耳朵竖起来,尾巴也紧紧贴在身上。原来,奥里芬特的那只大花狗正穿过沼泽,直冲着它们蹿过来了。

"好吧,"莫莉说,"等我离开时,你蹲着别动。让我来制止那个笨蛋的捣乱吧。"说完,它就无所畏惧地迎着那条狗冲了过去,和它交锋。

那条狗一边"汪汪汪"地狂吠着,一边蹦跳着追赶莫

---

①臭菘:又名黑瞎子白菜,是一种生长于北美洲和亚洲的沼泽及一些潮湿地带的多年生草本植物,气味难闻,有毒。
②蜱虫:又名壁虱,是自然界仅次于蚊子的疾病传播者。它们吸食其他动物的血液,寄生于宿主的皮肤上,其中也包括人类。

莉。可是，莫莉始终跑在狗的前面，让它够不着，一直将它引到一个荆棘丛里，那儿有成百上千根刺，将它柔软的耳朵刮得鲜血淋漓。最后，莫莉又带着它突然冲进一个隐蔽的铁丝网中，结果那条狗身上被划开了一道又长又深的血口子。它只好痛苦地号叫着，朝家的方向跑走了。为了提防那只狗还会回来，莫莉来了一个急转弯后，又绕了一圈，才回到原地。莫莉回来后，发现豁耳朵站得笔直，伸长了脖子，正兴致勃勃地观看这场竞技赛呢！

豁耳朵这种不听话的行为可把莫莉气坏了，它用后腿狠狠地蹬了豁耳朵一脚，将它踢翻，滚进泥巴里了。

有一天，当它们正在苜蓿地附近进食时，一只红尾鹰猛冲下来，扑向它们。莫莉抬起后腿踢一踢，跟鹰开了个玩笑。然后，它沿着常走的一条老路，溜进一簇野蔷薇丛中了。当然了，鹰就没法再追它了。这是一条从溪畔荆棘丛通往烟囱灌木丛的主要道路。如今，路上已经长了几根爬藤。莫莉一面留意着鹰，一面用嘴咬断这些藤蔓。豁耳朵先是瞅瞅它，然后跟着跑到前面去，帮助妈妈咬断更多横卧在这条路上的爬藤。"做得对，"莫莉说，"这些通道一直要保持干净，因为你会频繁地用到它们。路不需要多宽阔，但一定要畅通无阻。要清理掉横在上面的任何东西，比如一根爬藤之类的。总有一天，你会发现自己咬断的是一根绳索。""一根什么东西？"豁耳朵一边问，一边抬起左后腿搔着它的右耳朵。

"一根绳索，这种东西的样子看起来像爬藤，但它不会生长,却比这个世界上所有的老鹰都厉害。"莫莉边说边瞥了一眼消失在远方空中的红尾鹰,"因为它白天黑夜都潜伏在通道上,非要等到某一天有机会逮住你不可。"

"我不信它能逮住我!"豁耳朵一边骄傲地说着,一边踮起后脚跟直起身来,在一棵光滑的小树上磨蹭着下巴和胡须。连豁耳朵都没意识到自己在这样做,可它的妈妈看到了。莫莉知道就像男孩子变声一样,豁耳朵的举动标志着它的小家伙已经不再是一只兔宝宝了,不久豁耳朵就要长成一只成年的大棉尾兔了。

五

流水具有神奇的魔力。谁会不了解它,谁会对它没有感觉呢?铁路工人无所畏惧地让路基横穿宽阔的沼泽、湖泊,甚至海洋,可是当他们面对涓涓细流时,便会充满敬畏。他们研究它的心思和流经路线,顺从它的一切要求。当一位口干舌燥的旅行者走在有毒的碱性沙漠里时,即便面对芦苇丛生的池塘,他也会畏缩不前。只有当他发现沼泽中有一条细小、清亮的线条,并且隐隐约约地在流动,表明这儿有一条流动的活水时,他才会高高兴兴地过去喝水。

流水具有神奇的魔力。任何恶魔的咒语都不能穿越它。汤姆·奥桑特[①]在最需要帮助的痛苦时刻,验证了它的神奇

[①]汤姆·奥桑特:著名苏格兰诗人罗伯特·彭斯的诗歌《汤姆·奥桑特》中的主人公,他喝醉了酒,骑马夜行,遇魔鬼追击,后来幸亏碰到一条河,才得逃脱,因魔鬼不能渡河。诗中写道:"只要冲到桥中间,你就可以不再害怕,妖精们遇河即止,见了流水只能发傻。"

魔力。当一只森林中的野生动物被致命的天敌嗅着足迹紧追不舍时,它意识到死神已渐渐逼近。它的力气快要用尽,所有的逃生之计都已经失灵。就在这时,有一位善良的天使将它领到水边,冲进那欢快的流水中,顺着清凉的河流跑着,随波涤荡,于是它就重新获得力量,又回到森林里去了。

流水具有神奇的魔力。猎狗一来到这个特别的地方,就会止步不前,嗅来嗅去,四处搜索,却往往无功而返。它们的魔咒被欢快的溪流解除了,野生动物得救了。

"除了野蔷薇花丛,河水也是你亲密的朋友。"——这也是豁耳朵从妈妈那儿学来的。

八月里,一个闷热的夜晚,莫莉带着豁耳朵穿过森林。莫莉尾巴下方随身携带的那个白色棉垫,在前面一闪一闪的,成了豁耳朵的指路明灯。不过,它一停下来,坐在棉垫上,灯就熄灭了。它们跑跑停停,驻足聆听,几次之后,来到了池塘边。雨蛙正在它们头顶的树上唱着"睡吧,睡吧"的催眠曲。远处,在一根没入深水的圆木桩上,一只肚皮鼓鼓的牛蛙正把下巴伸出水面,唱着"一壶朗姆酒"的赞歌。

"还是跟我来吧!"莫莉用兔子的语言说。它扑通一声跳进池塘里,朝着中间那根沉在水中的圆木桩游过去。豁耳朵畏缩了一下,然后轻轻"哎哟"一声跳入水中。它一边气喘吁吁,一边急速翕动鼻子,可还是继续模仿妈妈的姿势。它的动作就像在陆地上跑动一样,却同样让它渡过了河水。就这样,它发现自己会游泳了。它继续向前游,一直游到那根沉入水中的圆木桩旁。它的妈妈浑身湿淋淋的，正蹲在圆木桩高出水面的干燥的一头，于是它也爬了上去，蹲在妈妈身边。这时候，在它们的四周，灯芯草形成一道屏障，流水不会泄露它们的任何行踪。从此，在许多个温暖漆黑的夜晚，当斯普林菲尔德的那只老狐狸乘着夜色潜行到沼泽地时，豁耳朵就会留意听牛蛙叫声的方向。因为在紧要的关头，牛蛙的叫声可能就是通往安全的向导。由于这个缘故，牛蛙唱的歌词就改成了"来吧，来吧，有了危险就来吧"！

这是豁耳朵从妈妈那儿学到的最后一课——这真的是一门研究生的课程。因为，对于许多小兔子来说，它们压根就没学习过这门课程。

六

没有一只野生动物能够安享天年。它们的生命迟早会有一个悲惨的结局，唯一的区别是它们与自己天敌的对抗能维持多久。但豁耳朵的一生却可以证明，一只兔子一旦安全度过了它的青春期，就很有可能活过壮年期，只会在生命最后的三分之一阶段被杀死。这个每况愈下的第三阶段，被我们称作老年期。

棉尾兔的敌人来自四面八方。它们的日常生活就是一连串的逃跑。因为，无论是狗、狐狸、猫、臭鼬、浣熊、黄鼠狼、貂、蛇、鹰、猫头鹰，还是人，甚至连一些昆虫都在千方百计地伺机杀死它们。它们已经有了成百上千次的历险，

61

每天至少逃命一次。它们飞快地逃跑,靠着灵活的四肢和机智的头脑来保全性命。

曾经不止一次,在那只可恶的斯普林菲尔德狐狸追赶之下,它们只好躲避在泉水旁边带刺铁丝网围成的破猪圈里。不过一旦到了这儿,它们就能安安稳稳地看狐狸的笑话了。看狐狸怎样极力地想够到它们,却白费力气还刺伤了腿。

而有一两次,当豁耳朵遭到猎狗追捕时,它巧妙地诱使猎狗和一只臭鼬打起来,自己趁机脱了险。那只臭鼬看起来似乎和狗一样凶恶。

还有一次,一个猎人靠一只猎狗和雪貂帮忙,将豁耳朵活捉了。可是第二天,豁耳朵居然侥幸逃脱了。从此,它对地洞更加不信任了。有几次,它被猫撵进河水里逃走了。还有好多次,它被老鹰和猫头鹰追赶。但因为对于每一种危险,它都有一种万全的防护之策,所以便都逃脱了。母亲把那些最重要的逃生之计,全都教给了它。随着豁耳朵渐渐长大,它在实践中不断改进,还发明了许多新招。它长得越大就越聪明,在获得安全方面,它越来越不信任腿脚的能力,却越来越多地依赖智慧。

兰格[①]是沼泽附近一只小猎狗的名字。为了训练兰格,主人过去经常把它按在一只棉尾兔的脚印上,让它循着气味去追踪。它们追赶的几乎总是豁耳朵,因为这只雄兔像

[①]兰格:Ranger,本意为"巡逻兵",作者选用作猎狗的名字。

它们一样喜欢奔跑。这种危险的追逐很是刺激,正好可以满足它们冒险的热情。

豁耳朵常说:"噢,妈妈!那只狗又来了,我今天可以跑个痛快了。"

"豁耳朵,你太冒失了,儿子!"莫莉常会这样回答,"恐怕你跑得多了就没力气了!"

"可是,妈妈,能逗逗那只傻狗是多么好玩啊!再说这完全是在进行有益的训练啊。如果我跑得太吃力了,我就会使劲拍打地面,给你发信号,你就过来替换我,好让我喘口气再跑。"

于是,豁耳朵就跑起来,兰格便循着它的气味跟踪追赶,直到豁耳朵跑得厌倦了才停下来。这时候,它要么发送"咚、咚"的信号求援,让莫莉来对付这只狗,要么它就会耍个聪明的小把戏甩掉这只狗。下面讲述的情节就是其中的一次追逐,这足以证明豁耳朵是多么出色地掌握了这些森林生存技巧。

豁耳朵知道,它留下的气味聚集在最贴近地面的地方,当它的体温升高时,气味就越强烈。因此,如果它能够离开地面,安静地待上半个钟头,让全身凉下来,这时,气味就会消散,它准会平安无事。所以,每逢它疲于追逐时,它就会跑向溪畔的野蔷薇丛地带,在那儿胡乱"兜圈子"——也就是按"之"字形跑——最后留下一条曲曲折折、错综复杂的路线,这只狗要想理出头绪,肯定会大费周折。然后,它迎风跳过 E 点的那根圆木,直奔林中的 D 点。它在 D 点停

63

留片刻，又顺着原路返回 F 点；它在这儿向旁边一跳，跑向 G 点。接着，它又沿原路返回 J 点，在此等候猎狗追踪到 I 点。然后，豁耳朵就顺原路返回 H 点，再沿原路抵达 E 点。它在 E 点为了让自己的气味消失，便向一侧使劲一跳，跳到高高的圆木上，再跑到圆木更高的一头，一动不动地坐在那里，就像一个鼓起的木头疙瘩。

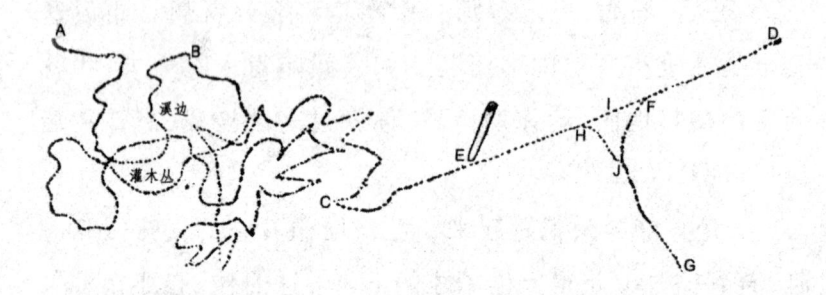

在这个荆棘迷宫里，兰格耽搁了许多时间。等它弄清楚豁耳朵的行踪，跑向 D 点时，兔子留下的气味已经变得非常淡。在这儿，它开始绕来绕去地寻找线索，又费了不少工夫。当它循着气味来到 G 点，这时气味突然又中断了。它再次陷入困境，不得不再绕着圈子去寻找。它兜的圈子越来越大。到最后，它刚好从豁耳朵蹲的圆木下面跑过。可是，在这样的冷天里，在寒冷的空气中，气味是不会往下沉的。豁耳朵一动也不动，连眼睛都没眨一下，猎狗什么也没发现就跑过去了。

不一会儿，那只狗跑了一圈又回来了。这次，它经过圆木较低的一头，停下来，嗅了嗅。"对呀，明明就是那只小兔崽子的气味呀。"尽管气味已经变得很淡，但它还是爬上了那根圆木。

对豁耳朵而言,这可是考验它的时刻啊。那只狗嗅来嗅去,顺着圆木走了过来。但是,豁耳朵仍然沉得住气,风向正好对它有利。它已经打定主意,只要兰格走到圆木的一半,它就会一闪而逃。然而,那只狗却没有过来。要是一只黄毛的杂种狗,可能已经发现豁耳朵坐在那儿了,但这只猎狗却没有看见。因为气味闻起来已经很淡了,于是兰格放弃了那根圆木,跳下来,走掉了。这下,豁耳朵赢了。

七

除了妈妈以外,豁耳朵从未见过别的兔子。实际上,它几乎从未想过,这个世界上还存在别的兔子。现在它远离妈妈的时候越来越多了,可是却一点也不感到孤独,因为兔子并不渴望和同伴在一起。可是后来,十二月的一天,它正在红山茱萸灌木丛中忙着开辟一条通往溪畔大灌木丛的新路,这时,它突然看见在阳坡河岸那边,映衬着天空背景,出现了一只陌生兔子的脑袋和耳朵。这位新来者带着发现新大陆的喜悦,很快就顺着豁耳朵开辟的路来到沼泽地。豁耳朵的心中激荡起一种全新的情感,这是一种愤怒和憎恨交织的情绪,被人们称作嫉妒。

这只新来的兔子停在豁耳朵蹭毛的一棵树跟前——也就是说,这棵树是豁耳朵曾经用过的,它常常踮起后脚站在那儿,尽可能在高处磨蹭下巴。豁耳朵以为这么做,仅仅是因为它自己喜欢。其实,所有的雄兔都喜欢这么做。而这么做还可以达到几个目的。首先,这样可以在树上留下兔子的气味,以便让别的兔子明白,这片沼泽已经属于一个兔子家庭了,不是可以随便安家落户的空地了。同时,还可以让后来的兔子通过气味知道,先来者是否是一位老相识。此外,从地面到磨蹭处的高度可以说明这只兔子长得有多高。

现在,更让豁耳朵厌恶的是,它发现那个新来者比自己高出一头,而且,还是一只结实的大雄兔。这是一种从未有过的新鲜经历,豁耳朵的胸中充满了一种全新的感觉。它的心里涌起一股杀气,它嘴里没有食物,却狠狠地咀嚼着。它向前跳到一片平坦、坚硬的地面上,慢慢地拍打着地面,"咚——咚——咚",这是兔子发出的一种信号,意思是"快滚出我的沼泽地,要不然我就要动武了"!

新来者竖起耳朵摆出了一个大大的"V"形,它挺直身子,坐了几秒钟,然后,放下前脚,在地面上拍打出比豁耳朵更大、更强的声响,"咚——咚——咚"。

就这样,它们宣战了。

它们侧身小跑着,冲到一起。双方都想占上风,瞅准有利的时机出击。这只新来的雄兔又大又胖,浑身长着很多块肌肉。可是,从几个细节中就可以看出,这个家伙不太精明,只想着靠体重赢得战斗。比如,那只外来兔转身不灵活,还有当豁耳朵处在地势低的地方时,外来兔也不会迅速贴近。最后,当外来兔跳过来时,豁耳朵像个小泼妇一样迎战。当它们再次碰在一起时,都高高地跳起身来,用后脚踢打对方。"砰、砰"两下之后,倒在地上的是可怜的小豁豁。不一会儿,那只外来兔扑上前来,用牙齿咬它。豁耳朵还没站起来,就被咬掉了几撮毛。可是,它的腿脚敏捷,一下就躲开了。接着,它们再次交锋,豁耳朵又一次被打倒在地,并被咬伤得很严重。豁耳朵根本就不是外来兔的对手,很快就有性命之忧了。

受伤以后,豁耳朵就开始跳着逃走了。那只外来兔使尽全力来追赶它,一心想杀死它,将它从这片沼泽地上驱逐出去。但豁耳朵的四肢非常灵敏,转弯也转得非常灵活。可是,那只外来兔又胖又笨,所以它很快就放弃了这场追逐。它这么做,对可怜的豁豁当然有利,它这会儿因为疲惫和伤痛,行动已经渐渐地不那么灵活自如了。从那天起,豁耳朵的生活开始进入恐怖时期。它所受的训练都是用来对付猫头鹰、狗、黄鼠狼、人等天敌的,但是,当它被另一只兔子追赶的时候,就不知所措了。它只知道,要趴得低低的,一旦被发现就得立刻逃跑。

可怜的莫莉完全被吓坏了,它无法帮助豁耳朵,唯一能做的就是找个地方躲藏起来。可是,那只大雄兔很快就发现了它。它拼命地要逃跑,想摆脱大雄兔,可是现在的它已经不像豁耳朵那么敏捷了。这只外来兔并不想杀死它,相反,是想向它求爱。莫莉讨厌它,努力想逃走,它反而对莫莉非常谦卑。一天又一天,外来兔焦急地追随着莫莉,莫莉走到哪儿,它就跟到哪儿。因为对它的持久厌憎怒不可遏,有时外来兔也会将它打翻在地,满嘴都是从它身上咬掉的

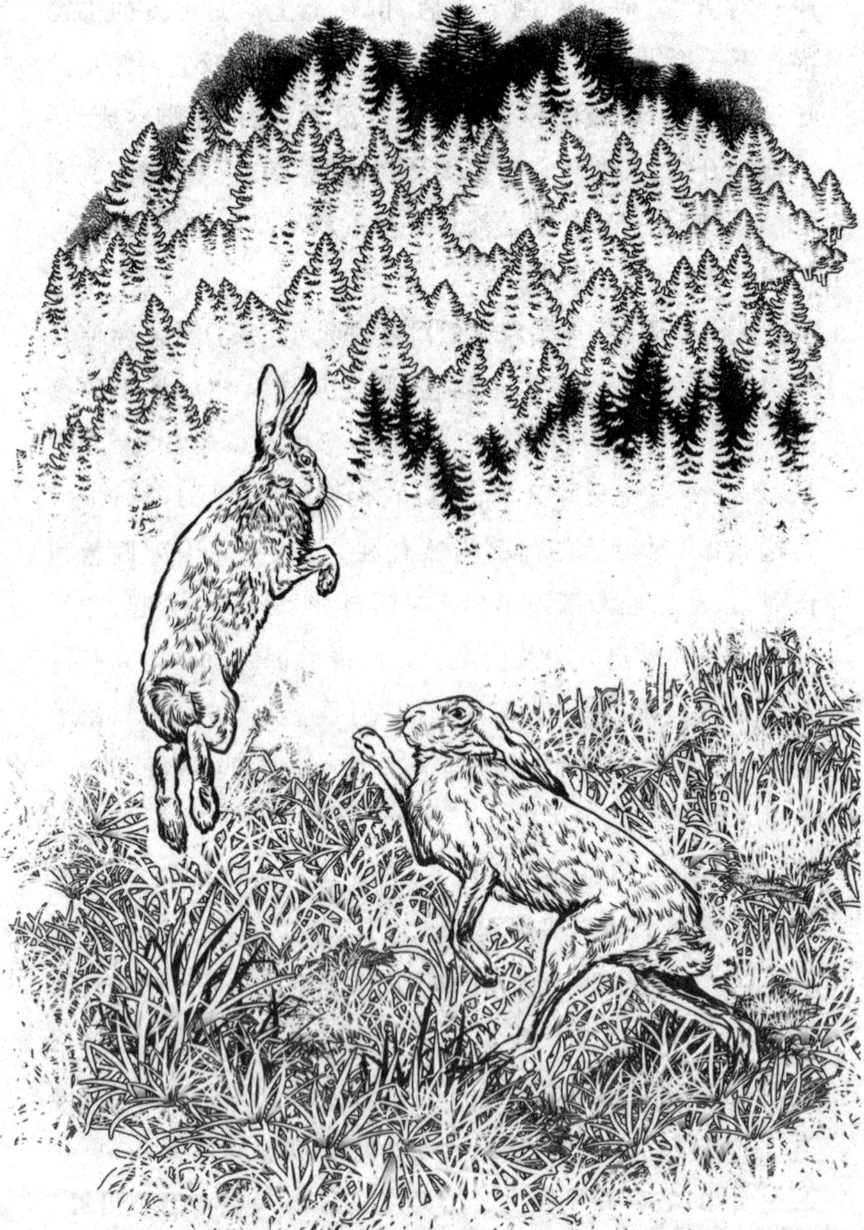

柔软的毛。直到外来兔的狂怒渐渐平息下来时,它才会让莫莉离开一会儿。然而,外来兔始终不变的目的就是杀死豁耳朵,后者看来是逃脱不掉了。豁耳朵没有别的沼泽可以安身,可在这儿,无论何时,就连它想瞌睡一会儿,都得时刻准备着冲出去逃命。一天总有十几次,这只外来的大兔子会蹑手蹑脚地出现在豁耳朵睡觉的地方,但警觉的豁耳朵每一次都能及时醒来逃命。逃是逃了,却还不是真正地逃脱了!豁耳朵确实是保住了性命,可是,天哪!现在它的生活变得多么悲惨啊!它每天眼看着妈妈被打倒在地,被撕咬,眼看着自己心爱的进食草地、舒适的安乐窝,还有自己辛辛苦苦付出劳动开辟出来的道路,都被那个可恶的畜生抢去了,而自己却毫无办法。这样的生活是多么令人发狂啊!让那个得胜者占有这些战利品,豁耳朵感到非常不快,它恨那只外来兔,比它以前恨狐狸或者雪貂还要厉害得多。

这样的日子怎么才能熬到头呢?豁耳朵每天东奔西逃,还得经常保持警觉,加上吃着劣质的食物,它变得精疲力竭。在长期的迫害下,莫莉的体力和精力也受到极大损耗,变得萎靡不振。那只外来兔准备不择手段来杀害可怜的豁耳朵。到最后,它竟然卑劣到使用兔子们认为是最大的犯罪来对付豁耳朵。对兔子们来说,无论它们彼此怎么憎恨对方,只要它们族类共同的敌人一出现,所有善良的兔子就会尽释前嫌,同仇敌忾。可是有一天,当一只巨大的苍鹰突然飞临沼泽上空时,那只外来兔却一边将自己掩藏得好好儿的,一边一次次地要把豁耳朵驱赶到空旷地带。

有那么一两次,那只苍鹰差点儿就抓到豁耳朵了,多亏野蔷薇花丛拯救了它。但那仅仅是因为那只大雄兔自己也快要被抓住了,它才放弃了豁耳朵。虽然豁耳朵屡次成功地逃命,处境却并没有变好。它决定带着妈妈离开这儿,如果可能的话,第二天晚上它就要到另一个地方去,设法寻找一个新家园。可就在这时,它听到那只老猎犬桑德正在沼泽地边上嗅来嗅去,四处搜寻猎物。于是它决心玩一个孤注一掷的游戏。它故意跳入猎狗的视线之内,接着一场迅速、激烈的追逐开始了。它们绕着沼泽地跑了三圈,豁耳朵断定妈妈已经安全地藏好了,而那只可恶的外来兔也正躲在它们往常居住的兔穴里。之后,豁耳朵径直冲向那个兔穴,扑通一声跳下来,从那只外来兔头上跳过去,跳越时豁耳朵用后脚狠狠地踢了它一下。

"你这个可怜的傻瓜!看我不宰了你!"那只外来兔叫喊着,跳了起来。可是,它发现自己刚好夹在豁耳朵和猎狗之间,于是它陷入了这场追逐,接替豁耳朵承担了所有的危难。

那只猎狗狂吠着,冲着它追了过来。在兔子间的战斗中,雄兔那样的体重和身形,占据了极大的优势。但在目前的情形下,这对它却成了致命的累赘。大雄兔不了解太多逃生的技巧,只会一些简单的技巧,诸如"急转弯""兜圈子""洞穴蛰伏"等等,这些小把戏是每个兔宝宝都知道的。可是,猎狗已经追得太近了,"急转弯"和"兜圈子"是行不通的,而且它也不清楚这儿有哪些洞穴可以躲藏。

　　这是一场全力以赴的竞赛。那些野蔷薇花丛对所有的兔子都一样仁慈,它们这次也尽了最大的努力,可还是没有用处。那只狂吠的猎狗跑得既迅速又稳健。树枝的折断声、野蔷薇刺到猎狗耳朵的声音、猎狗发出汪汪的哀鸣声,都传进了莫莉和豁耳朵蜷缩着藏身的地方。可是,这些声音突然都消失了。接着,听见一阵混战声,随之传来一声又大又可怕的尖叫。

　　豁耳朵明白这叫声意味着什么,一阵战栗传遍了它的全身。但当一切结束时,它马上就忘记了这种恐惧。现在,它感到十分欣喜,因为它又重新成为这片亲爱的老沼泽地的主人了。

八

　　毋庸置疑,老奥里芬特有权烧掉老沼泽地东边和南边的所有灌木丛,清除刚好在泉水下面破旧的带刺铁丝网的猪圈。可是,这对于豁耳朵和它的妈妈来说,却有很大的危害。首先灌木丛是它们的各种居留地和前哨据点,其次也是它们所拥有的大堡垒和安全避难所。

　　它们长期生活在沼泽地上,所以觉得沼泽及其周围的每一寸土地都属于它们,包括奥里芬特的土地和房屋。它们讨厌看见另外一只兔子,即使出现在毗邻的谷场院子里也不行。

　　它们宣告长久地拥有这片土地的所属权,这恰恰就像一些国家宣告自己对国土的所有权一样,很难找到比这更崇高的权利了。

  一月份,当冰雪消融的时候,奥里芬特砍掉了池塘周围剩余的大树,这就从四面八方缩减了棉尾兔们的领地。可是,它们仍然固守着这块不断缩小的沼泽地,因为这是它们的家园,它们不愿意迁到别的地方去。它们日常生活中的危险依然存在着,但是它们的四肢还是那么敏捷,头脑还是那么聪明,还有足够的力气可以兜圈子。最近,一只水貂逆流而上,来到这个安静的角落,给它们添了一些麻烦。莫莉和豁耳朵略施小计,便使这位令人不安的造访者将目标转向了奥里芬特的鸡舍。但是,两只棉尾兔还是不能十分确定,水貂是否已经被妥善料理了。在这种情况下,眼下它们只好暂时不使用地洞,因为那对它们而言,当然是一条危险的死胡同。于是,它们比以往更加贴近剩下的野蔷薇丛和灌木丛。

  现在,第一场雪已经消融殆尽,天气晴朗而温暖。莫莉有一点染上风湿病的感觉,于是,它在一些低矮的灌木丛中寻找茶莓①作补药。豁耳朵正在东边岸上,坐在微弱的阳光下晒太阳。在奥里芬特房屋上那个熟悉的烟囱里,炊烟时断时续地飘过来,形成一层淡蓝色的薄雾,在明亮天空的映衬下,变成了一片暗褐色。那个烟囱镶着金色阳光,被堤岸上的野蔷薇丛拦腰遮住了。蔷薇丛紫色的阴影闪着亮

---

①茶莓:鹿蹄草的果实。全草可入药,有祛风湿、强筋骨、解毒、止血等功效。

光，在阳光的照射下变成了一些耀眼的深红色和金黄色的魔棒。在这些房子后面是谷仓，它和前面的房屋一样，山墙和人字形的屋顶镀着金光，耸立在那儿就像诺亚方舟一样。

从谷场院子那儿传来的声音，还混合着美食的香味，随着炊烟飘送过来。这让豁耳朵知道，院子里的那些动物被喂的食物是卷心菜。一想到那顿美餐，豁耳朵不禁流下了口水。它眨巴眨巴眼睛，好像嗅到了卷心菜的香气，因为它真的太爱吃卷心菜了。但是不行啊，前一个晚上，它已经去过那个谷场院子了，只找到了几片微不足道的苜蓿叶。连续两个晚上去同一个地方，这可不是一只明智的兔子的做法。

所以，豁耳朵更愿意做明智的事情。它移到闻不见卷心菜香味儿的地方，吃了一束干草作为晚餐，这些干草是被风从草垛上吹过来的。在它即将安睡时，莫莉来了，它已经找到了茶莓，并且开始吃简单的晚餐，就是在阳光堤岸附近生长的甜桦枝。

这时候，太阳已经到别处继续它的工作去了，随之带走了它所有金色的光芒和辉煌。在远远的东边天空中，留下一大块黑色的阴影，阴影在不断地扩大，越升越高，接着便遮蔽了整个天空，熄灭了所有的光亮，将整个世界变成了一个非常阴郁的地方。而后，另一个捣蛋鬼——风，趁着太阳不在这儿的时候，也跑过来，开始制造麻烦。这时候，天气变得越来越冷，看起来比白雪覆盖大地的时候还要恶劣。

"这难道还冷得不够可怕吗？要是我能回到我们那个有烟囱的灌木丛中去该多好啊！"豁耳朵说。

"睡在那个松树洞里，当然会是个美好的夜晚。"莫莉回答说，"可是我们还没有亲眼看到那只水貂的毛皮出现在谷场的院子里呢，现在上那儿去，对我们来说不安全。"

那棵空空的山胡桃树不见了——事实上，就在那时，它的树干躺在贮木场里，棉尾兔们害怕的那只水貂就藏在里面。于是，棉尾兔们跳到池塘的南边，选择了一处灌木丛。它们缓缓爬到下面，依偎着蜷伏在那儿，准备在此度过这个夜晚。它们面向寒风，而且鼻子冲着不同的方向，以便一有情况就分头朝着不同的道路跑出去。几个小时过去了，风吹得越来越猛烈，天气越来越寒冷。大概是在午夜时分，开始下起了夹杂着细冰珠的雪粒，雪粒打在枯叶上叮当作响，嘶叫着穿过灌木丛。对捕猎来说，这可能是个扫兴的夜晚。然而，斯普林菲尔德那只老狐狸却出来了。它迎风来到沼泽地的隐蔽处，碰巧走到灌木丛的下风处，在那儿，它闻到了正在熟睡的棉尾兔的气味。它站住稍停了一会儿，然后朝着灌木丛偷偷地走去。它的鼻子告诉它，棉尾兔们正蜷伏在那下面呢。这时，狂风和霰雪的噪音很响，等狐狸靠得非常近了，莫莉才听到它的爪子踩到干落叶上发出的微弱的嘎吱声。莫莉轻轻触了一下豁耳朵的腮须。等狐狸扑向它们时，两只兔子才完全清醒。不过，兔子们在睡觉时，它们的腿也随时做好了跳跃的准备。莫莉飞奔着蹿到了令人眼花缭乱的暴风雪中。狐狸扑空了一次，但是接着就像赛跑选手一样，紧跟着冲了过去，豁耳朵却逃向另外一边。

莫莉只有一条出路，那就是顶着暴风雪一直跑。为了活命，莫莉不停地跳跃着，只有在尚未结冰的泥地上，它才能和狐狸稍微拉开一点距离，因为泥地承载不起狐狸的体重，它难以奔跑。它一直从泥地上跑到池塘边，已经没有转身的机会了，它必须继续往前跑。

唰啦！唰啦！莫莉穿过丛生的杂草，然后，扑通一声，跳进深水里。

狐狸紧跟在后面也跳进水里。可是，在这样的一个夜晚，对狐狸来说，做这样的事情太过分了。于是，它转身返回了，而莫莉呢，看来只有一条路能走，那就是奋力通过芦苇，然后进入深水中，坚持游到对岸去。可是，迎面吹来的寒风非常凛冽。在莫莉泅水的时候，细碎的浪花打在它的头上，水里到处是积雪，就像薄冰或是漂浮的泥块一样，挡住了它的去路。对面那黑黑的河岸线看起来是那么遥远，而且狐狸可能正在那儿等着它呢。

然而，为了避开飓风的阻力，莫莉放平自己的耳朵，使出浑身的力气勇敢地顶着风和水流向前游。莫莉在冰冷的水中，很疲惫地游了很长一段时间后，眼看就要到达更远处的那簇芦苇丛了，这时一堆巨大的浮雪拦住了它。接着，岸上吹来的风带来一种奇怪的、像狐狸叫一样的声音，这声音夺走了莫莉全部的力量。它不但没有摆脱这块漂浮的障碍物，反而又向后漂了好远一段距离。

后来，莫莉再次奋力拼搏，向着对岸游过去。可是，这

75

一回却是非常非常缓慢地在游了。当它终于到达那些高高的芦苇遮挡的背风处时,它的四肢已经冻得失去了知觉,它的力气已经耗尽,它那颗弱小而又勇敢的心脏在往下沉,它不再关心狐狸是否等在那儿了。它确实游到了,钻进了芦苇丛。可是,一旦陷入丛生的杂草中,它就开始摇摇摆摆,停滞难前,她的速度也减慢了。莫莉无力地划着水,仅存的一点力气已经不能再将它送往陆地。它的四周结上了冰,并连她冻在了一起。过了一小会儿,莫莉冰冷、虚弱的四肢停止了摆动,它那毛茸茸的鼻尖也不再翕动了。接着,那双温柔的棕色眼睛就永远地闭上了。

但是,堤岸上并没有狐狸等在那儿,准备用贪婪的嘴巴撕裂它。豁耳朵已经逃过了敌人的第一次袭击,它一恢复理智就跑回来"换班",以便帮助妈妈脱身。它碰见狐狸时,狐狸正想绕到池塘对面去等待莫莉。于是,豁耳朵跑过去先将它从这儿远远地引开。然后,它使用带刺铁丝网的把戏,让狐狸头上划了一道很深的伤口,甩掉了狐狸。接着,豁耳朵返回堤岸,四处搜寻妈妈的踪迹。但是,所有的寻找都是白费力气。它没有找到自己的妈妈。豁耳朵再也没有看到它的妈妈,它不知道它到哪里去了。因为莫莉已经睡着了,而且永远都不会醒来了。莫莉长眠在流水那冰冷的怀抱里,流水是它的朋友,流水不言不语,不会向别人泄露任何秘密。

可怜的母亲莫莉!它是一位真正的女英雄,而像它这样的动物英雄千千万万、难计其数。它们没有一点英雄主义的想法，却奋力在自己小小的世界里生活过，然后死去了。它在生活的战场上，打了一场漂亮的生存之战。它具有出色的素质，这种素质是永远不会死去的。因为它的肉体变成了豁耳朵的肉体，它的智慧变成了豁耳朵的智慧。通过豁耳朵，它为兔子种族遗传了一种更加优良的血脉。

豁耳朵依旧生活在沼泽地里。就在那个冬天，老奥里芬特死了。他那些游手好闲的儿子们就不去清理沼泽地了，也不再修理铁丝篱笆了。不到一年的工夫，那儿就变成了一个比以往更荒凉的地方。茁壮成长的新生树木和荆棘、破落倒下的铁丝网，为棉尾兔造就了众多的城堡和避难所。在这些地方，那些狗和狐狸不敢兴风作浪。直到今天，豁耳朵还在那儿生活着。现在，它已经长成一只强壮的大雄兔，毫不畏惧任何对手了。它不知道从哪儿找到了一只美丽的棕色兔做妻子，还建立了一个庞大的家庭。毫无疑问，在那儿，在未来的许多许多年里，它和它的子孙们将会生生不息，兴旺繁荣。在那儿，在任何一个晴朗的夜晚，如果你懂得它们的通信密码，又选择了一个不错的观察点，还刚好知道它们在什么时候、怎样拍发信号，你就可以见到它们了。

宾果:我的狗的故事

宾果
弗兰克林的小狗跃过篱笆
他叫它小宾果
小——宾——果
他叫它小宾果

弗兰克林的老婆酿了麦芽啤酒
他叫它烈性子
烈——性——子
他叫它烈性子

这首诗虽不怎么朗朗上口
我想它会陪伴着好战者
好——战——者
我想它会陪伴着好战者

一

1882年11月初,马尼托巴刚刚进入冬天。我斜靠在椅子上,准备度过早饭后片刻慵懒的时光。透过木屋的玻璃窗,可以望见一片草原和我们家的牛棚,在圆木旁边钉着一首老歌谣《弗兰克林的小狗》。可是,这种风景和歌谣交织出的美妙境界很快就被眼前的景象打破了:一只体形庞大的灰色动物穿过草原,飞快地冲向牛棚;一只体形较小、灰白相间的动物正紧随其后,穷追猛赶。

"狼来了!"我叫了一声,抓起一只来复枪冲出去帮那只狗。可是还没等我赶到那儿,它们已经离开了牛棚。在雪地上跑了一小段路之后,那只狼走投无路又转回身来;而那只狗,也就是我们邻居家的柯利牧羊犬,围着狼转圈,瞅准机会猛咬。

我开了火,往远处放了几枪。结果只是让它们再次在草原上追逐起来。又奔跑了一阵儿之后,这只英勇无敌的狗逼近了那只狼,咬住了它的臀部,可是为了避开狼回过头来的反咬,狗又撤退了。接下来,又是一次走投无路的对抗。之后,又在雪地上展开新一轮的追跑。每隔几百码,这种场景就会再现一次。这只狗设法使每一轮新的冲刺都朝着居住区的方向推进,而那只狼则徒劳地想竭尽全力地跑回东边黑黝黝的林木带去。在经过一英里的战斗和追跑之后,我终于追上了它们。这只狗由于现在有了坚强的后盾,就围追上去,打算和狼进行最后的决战。

狗和狼混战了几秒钟之后,那只狗占了上风,骑在了狼的背上,身上流着血的柯利牧羊犬咬住了狼的喉咙。这时,我很容易地走上前去,将一颗子弹打进了狼的脑袋,结束了这场战斗。

看到对手已经死了,这只气度非凡的狗甚至没有再瞥它一眼,就开始迈开大步慢跑,向着雪地那边四英里以外的一个牧场跑去,那正是它离开主人开始追狼的地方。这只狗真是棒极了,毋庸置疑,即使我没能及时赶来,它也能独自将狼杀死。因为据我所知,它已经对付过一些狼了。尽管这类狼体形略小,或许属于草原狼种,却比这只狗的身形大许多。

我对这只狗的勇猛充满了钦佩之情,于是立刻去找它的主人,打算无论多少钱都要买下它。它的主人傲慢地答复道:"你为什么不试着买一只它的后代呢?"

既然买不到弗兰克,我只好退而求其次,买一只所谓它的嫡亲后代来完成自己的心愿。这只小狗,全身长着黑乎乎的绒毛,圆滚滚的,看起来不像是一只小狗,更像是一只长尾巴的小熊仔。不过,它身上有一些棕褐色的斑点,和弗兰克身上的一样。我希望,这些斑点还有它的口鼻周围始终长着的一圈非常有特点的白毛,能保证它将来可以长成一只出色的牧羊犬。

一旦你拥有了一只小狗,接着就得给它取名字。当然,这个问题其实已经解决了。《弗兰克林的小狗》的歌谣是我们相识的内在基础,于是,我们得意地叫它宾果。

二

那年冬天剩下的日子,宾果是在我们的木屋里度过的。它是一只长得胖乎乎、行动笨拙、总是好心办坏事的小狗。它喜欢狼吞虎咽,身体一天天地变得越来越大,越来越臃肿。即使是痛苦的经历也没有教会它必须让鼻子远离捕鼠夹。它对猫表示友好,却完全被误解了,最终导致了严阵以待的战备状态。这种局面一直都未被打破。直到有一天,宾果早早儿地突然产生了睡在谷仓的念头,才彻底远离了木屋里的纠纷。

当春天来临时,我开始认真对它进行训练。在我付出了无数辛劳,它自己也吃了不少苦头之后,它才学会了听从口令,将我们的那头老牛找回来,因为那头牛总爱在没有围栏的牧场上吃草。

一旦宾果掌握了自己要做的事情,它就变得极其喜欢这份工作,再没有什么比一声令下叫它去把奶牛赶回来更让它高兴的事情了。它会猛地冲出去,欢快地吠叫着,在空中蹦得老高,以便能更有利地扫视平原,寻找到它的猎物。不一会儿,它就回来了。它赶着奶牛在它前面全速飞跑,不让奶牛有片刻安宁,直到累得奶牛直喘气,被赶进牛棚中最远的角落里才停下来。

如果它在干活时不是那么卖力,我们可能会更满意些。不过,我们还是一直容忍着。直到后来,它变得非常喜欢这个半天一次的赶牛活动,以至于不用命令它,它就开始去把"老邓恩"带回来。终于,这只精力充沛的"牧牛犬",不是一天一次,而是一天十二次,动身去履行它的职责,将那只奶牛赶回它的牛棚。

最后,事情居然发展到了这样的地步:无论什么时候,只要宾果感到需要活动活动,或是有几分闲暇时光需要打发,甚至是一时心血来潮时,它就会动身以赛跑的速度冲向草原,几分钟后,就赶着那只闷闷不乐的老黄牛在前面全速飞跑着回来了。

起先,它这么做看起来并不算坏,这样一来那只奶牛就不会因为走得太远而迷路。但很快,问题就显现出来了,它这么做妨碍了奶牛吃草。它变得越来越瘦,产出的奶也越来越少。看上去,宾果的尽职也成了它沉重的思想负担,它总是得紧张兮兮地提防着这只可恶的狗。每天早晨,它总是在牛棚周围转悠,好像很害怕一跑出去,会马上受到狗的袭击。

这件事做得实在太过分了,我们试图让宾果稍微节制些,降低一点儿对这项工作的热情,可是所有的努力都失败了。于是,它被迫完全放弃了这项工作。从此,尽管它不敢再把奶牛赶回家,却继续表现出对奶牛的兴趣,当奶牛被挤奶的时候,它就趴在牛棚的门口。

夏天来了,蚊子多得简直变成了可怕的瘟疫,害得奶牛在挤奶的时候,尾巴不停地摇来摇去,这甚至比蚊子还让人心烦。

弗来德,也就是从事挤奶工作的那位老兄,他是一个喜欢发明又没有耐心的人。他想出了一个简单的办法来制止奶牛摇动尾巴。他把一块砖头系在了牛尾巴上,然后,就开始愉快地干活了。他对这项独特的发明十分放心,而我们其他人在一旁瞅着,对这种做法很是怀疑。

突然,从雾霭般的蚊群中传来一记沉闷的重击声,还迸发出一连串咒骂声。这头奶牛依旧平心静气地咀嚼着,直到弗来德站起身来,用挤奶时坐的矮凳狂怒地攻击它。弗来德的耳朵被那头愚蠢的老奶牛用砖头重重地拍了一下,情况简直糟透了。可是,站在旁边看热闹的人还一边捧腹大笑,一边奚落他,这更是让他忍无可忍。

听到这种喧哗声,宾果以为需要它帮忙,于是就冲进来,扑过去,从另一边攻击老邓恩。在这出闹剧平息之前,牛奶桶被打翻了,牛奶桶和凳子被弄坏了,奶牛和狗都被狠狠地揍了一顿。

可怜的宾果一点也不明白是怎么回事儿,它从很久以前就学会了瞧不起那头奶牛,现在更是厌恶之极。它决定离开它,即使是牛棚门口也不去了。从那时起,它就一心一意地只和马、马厩打交道了。

那头牛是我的,那些马是我哥哥的。自打宾果的忠心从牛棚转向马厩之后,似乎连我也一起抛弃了,断绝了和我的一切来往。然而,无论什么时候,一旦发生危急情况,它就会转来找我,我也会去找它。我们两个似乎都觉得,人与狗之间的契约是唯一的,它与自己的生命一样长久。

还有一次,宾果扮演了一次牛仔的角色。那件事发生在同一年的秋天,在一年一度的卡伯里博览会上。为了吸引

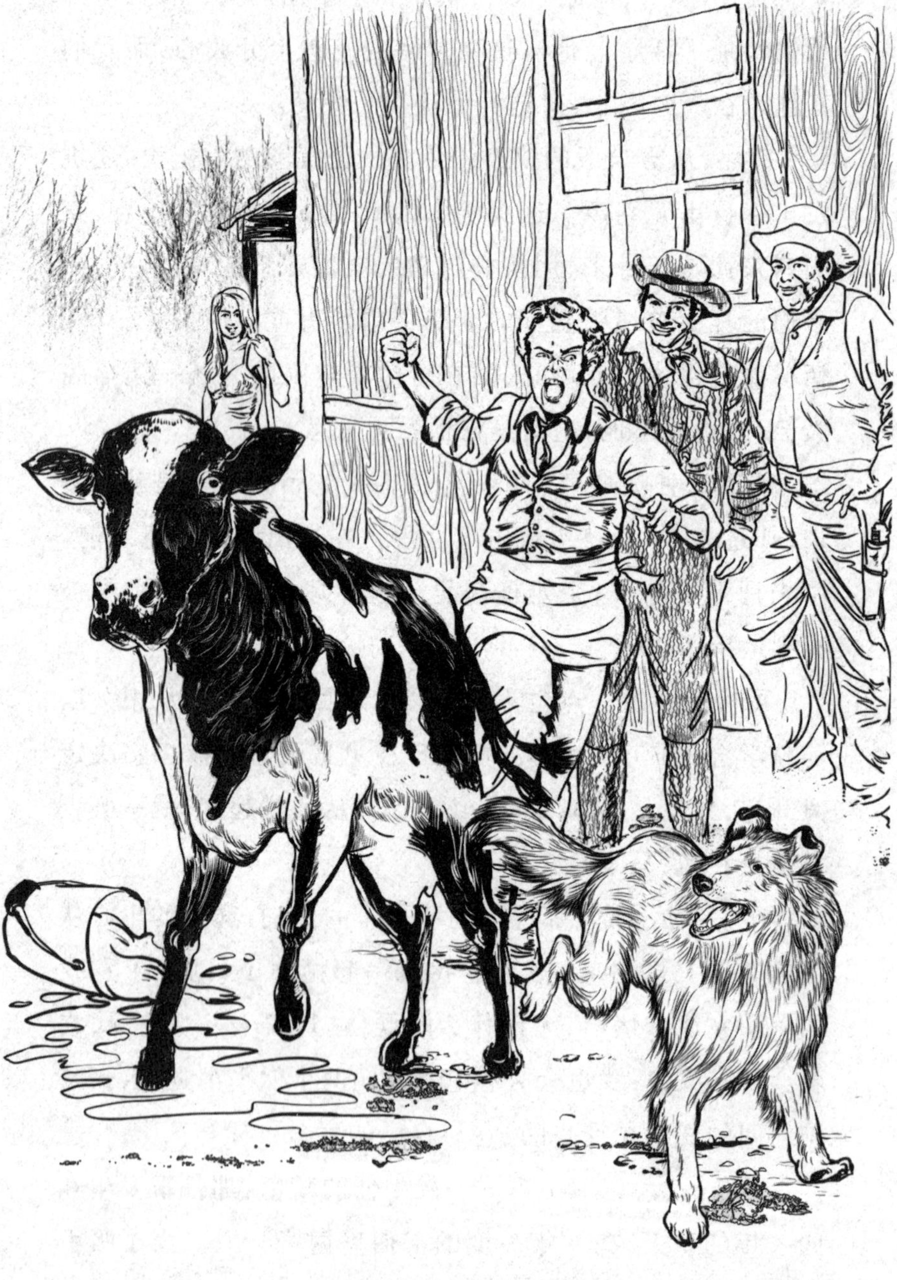

人们报名参加某种牲口比赛,那里有种种令人眼花缭乱的劝诱。其中有一个广告说,除了主人获得荣誉外,还有一笔数额为"两美元"的奖金,颁给"训练得最棒的柯利犬"呢。

在一个朋友虚情假意的怂恿下,我为宾果报了名。到了规定的那天,我们早早来到了赛场。奶牛正好被赶到村子外面的草原上。当比赛开始时,我指指奶牛,并向宾果发出"去把奶牛找回来"的口令。当然喽,我的意思是,它应当去把奶牛带回到我所在的裁判场地。

可是,这两只动物对此事比我更明了。它们整个夏天的彩排并非一无是处。当奶牛邓恩看见宾果飞奔过来的样子时,它就知道自己获得安全的唯一出路是跑进牛棚里去。宾果当然也同样确信,它一生中唯一的使命就是赶着奶牛朝着牛棚那个方向加速奔跑。于是它们追赶着穿过草原,就像一只狼在追赶一头小鹿,朝着两英里以外的牛棚直奔而去,从人们的视野中消失不见了。

因此,奖金颁给了另外一个人,除了我之外,他是唯一的报名参赛者。

三

宾果对马儿们的忠诚相当明显。白天时,它在它们身边跑来跑去,到了晚上,它就睡在马厩门口。马群去哪儿,它就去哪儿,没有什么能让它离开马群。对马群来说,它担当的这种有趣的主人职责,使下面发生的事情显得更加意味深长。

我不是一个迷信的人，在这之前，我对预兆也毫无虔诚之心。可是，宾果擅离职守的那桩怪事，却给我留下了深刻的印象。当时，住在德温顿农场的只有我们两兄弟。一天早上，我哥哥动身去鲍基·克瑞克运干草，往返一次需要一天的时间，他一大早就出发了。说来也怪，宾果平生就那一次没有跟随马队前往。不管我哥哥怎么招呼它，它就是远远地站着不动，斜眼看着马队，不肯动身。突然，它对着天空抬起鼻子，发出一声长长的、忧郁的号叫。宾果一直目送着四轮马车，甚至又跟随了一百码左右的距离，还一次又一次地提高嗓门发出极为阴森的号叫。那天，它整日守在谷仓周围，这是它唯一一次主动与马群分开，不时发出一阵完全是送葬挽歌似的号叫。我独自一人在家，狗的举动让我有一种可怕的大难临头的预感。随着时间的流逝，我的心情变得越来越沉重。

大约六点钟时，宾果的号叫声变得让人难以忍受，于是我来不及想出更好的办法，就向它扔了一块东西，命令它离开。可是，哦，天哪！我的内心充满了恐惧！我为什么让哥哥一个人去了呢？我还能再看到他活着回来吗？从狗的反常行为中，我早该知道要发生什么可怕的事情了。

终于，哥哥回来的时间到了，他坐在马车上回来了。我安置好马队，大大地松了一口气，装出一副不经意的样子问："一切都好吗？"

"好。"他简洁地答道。

现在谁能说这些征兆没什么意义呢？

就在这件事情过去很久之后,我把这件事讲给一位对灵异之事很在行的人听,他神情凝重地对我说:"宾果在危急关头总是来帮你,是吗?"

"是的。"

"那你就不要笑了。那天身处危险当中的正是你,它留下来,救了你的命,尽管你永远都不知道危险来自哪儿。"

四

刚开春,我就开始对宾果进行训练。但没过多久,它就开始训练起我来了。

在我们的小木屋和卡伯里村庄之间,有一片两英里的草原,草原中间是农场的界桩处。一根结实的柱子树立在一个低矮的土丘上,从老远的地方就能看到。

不久我就注意到,不经过仔细地察看,宾果决不会从这根神秘的柱子旁走过去。接着,我就了解到,这也是草原狼经常光顾之地,此外邻近所有的狗也经常造访此处。我利用望远镜进行了长时间观察,终于查明了事情的真相,对宾果的私生活有了更加深入、充分的了解。

这根柱子是这些犬科动物族群约定俗成的登记处。凭借着敏锐的嗅觉,它们的每个成员都能立刻通过脚印和气味做出判断,最近有什么别的同类来过这个柱子。当雪花飘零时,更多的秘密泄露出来了。于是,我发现这根柱子只是这片地区中的信息站之一。整个地区每隔一段距离,都在合适的地点分布着一些这样的信息站。明显的标志是任何可疑的柱子、石头、水牛头盖骨或是其他物体,它们碰巧被丢弃在了一个理想的地点。经过广泛细致的观察,我发现,这是一套极其完备的获取和传递消息的通信系统。

每只狗或狼都很重视造访那些靠近它们行走路线的信息站,去了解最近谁来过这儿,就像是一个人在返回城里的路上,去他定点光顾的俱乐部打个招呼,浏览一下会员登记簿似的。

我曾见过宾果走近这根柱子,嗅来嗅去,查看四周的地面;然后,汪汪地吠叫着,鬃毛竖起,目光炯炯,用它的后脚凶狠地抓挠地面,最后才非常生气地走开了,还不时地回头观看。所有的这些举动,用言语翻译过来,就是说:"咕噜!汪!这是马克卡西的那只脏野狗。汪!我今晚会收拾它。汪!汪!"

另外有一次,在做完例行检查后,宾果变得极其兴致勃勃,一边研究一只草原狼的足迹,看它从哪里来,到哪里去;一边自言自语,正如我后来才弄懂的那样:"一只草原狼的脚印,它从北边来,闻起来有一种死奶牛的气味。真的吗?保尔沃斯家的老布林德尔最后一定是死了。这件事值得仔细查查。"

有时候,它会摇着尾巴,在柱子四周一次又一次地来回小跑,以便更明显地留下它自己来访过的痕迹,或许这有益于它刚刚从布兰顿回来的兄弟比尔找它吧!所以,有一天夜里,比尔突然出现在宾果的家里,就绝非出于偶然了。

它被宾果带到山里,那儿有一匹死马,恰好为庆祝它俩的重逢提供了美味。

有时候,某些消息会让它突然兴奋起来,它会追循着踪迹,迅速跑向下一个信息站,去打探后来的情报。

有时候,它检查完会表现出一副严肃的神情,仿佛在自言自语:"我的天哪!这是该死的谁呢?"或者"它似乎是去年夏天我在普尔泰芝遇见的那个家伙。"

一天早晨,宾果一凑近那根柱子,毛发就一根根地接连竖起来,尾巴耷拉着,抖动着,表明它的胃突然感觉极不舒服,这些显然是恐惧的信号。它表现出不愿对此继续追踪或是了解更多情况,而是返回了住处。半小时之后,它的鬃毛仍然竖立着,脸上显出一种憎恨或是害怕的表情。

我对那可怕的脚印研究了一番后,弄懂了宾果的语言,那种隐含着惊恐的低沉的"咕噜噜呜"声,意思是"大灰狼"。

这就是从发生的事情中,宾果教会我的一些东西。在以后的一段日子中,如果我碰巧看到它刚被从马厩门旁冰冷的窝里唤起,然后伸伸懒腰,抖抖蓬松毛发上的雪花,迈着稳健的步伐一溜小跑,跑啊,跑啊,渐渐消失在黑暗之中,这时我常常会想:"啊哈!老伙计,我知道你要去哪里,知道你为什么会离开小木屋去巡逻了。现在我明白你每天晚上穿越这个地区的巡游为什么那么准时了,也明白你是怎么知道在什么时候到你想去的地方,便能找到你想要的东西了。"

89

五

1884年的秋天，我们关闭了在德温顿农场的小木屋，宾果的家也搬进了一所住宅里，其实是搬到我们最亲密的邻居乔治·莱特的马厩里，而不是房子里。

从它还是小狗时的那个冬天，宾果就不愿意住在房子里，除非是遇到暴风雨。它对雷声和枪声怀有一种深深的恐惧。毫无疑问，对于雷声的恐惧最先源自害怕枪声。引起它怕枪的原因是，它有一些不愉快的被枪击的经历，其中的原委我们在后面将会知晓。它每晚蜷伏在马厩外面，即使是在最寒冷的天气里。这很容易看出，它非常喜欢充分享受夜间活动的自由。宾果午夜的出游范围可以延伸至草原数英里以外，这一点有大量的证据可以证明。一些住得离这很远的农场主传话给老乔治，如果他晚上不能让狗待在家里，那么他们就会对它开枪。宾果对于枪弹的恐惧很深。

有一个人住在遥远的皮特里尔，他说在一个冬天的晚上，看见一只大黑狼在雪地上咬死一只草原狼，可是随后，他又改变了自己的说法，"估计当时是莱特家的狗干的"。不管什么时候，只要有被冻死的牛或马的尸体暴露在野外，宾果必定会在夜里去那儿，赶走那些草原狼，自己尽情地饱餐一顿。

有时候，宾果的夜间突袭可能只不过是让远处某个邻居家的狗皮开肉绽，而且尽管这会有遭到报复的威胁，但看起来没必要担心宾果这品种的狗会绝后。有一个人甚至公开声明,他见过一只草原狼,身边跟随着三只小狼,长得非常像它们的母亲,只不过它们的体形非常大,又长满黑毛,口鼻周围还有一圈白毛。

且不说这些传言真实与否,我所知的这件事情发生在三月末。有一天,当我们乘着雪橇外出时,宾果跟在后面小跑,一只草原狼受到惊吓从一个坑里跳出来跑开了。宾果奋力追赶,这只狼却没有竭尽全力地逃走。追了不长一段距离后,宾果停了下来,可是说来也怪,它们相互之间既没有扭打,也没有战斗!

宾果显出亲切的样子,快步跑到那只狼的身旁,舔了舔它的鼻子。

我们都惊呆了,开始冲着宾果大声喊叫,阻止它继续下去。我们几个一边喊叫,一边逼近,那只狼受惊后迅速跑走了,宾果再次追赶它,直到又赶上了它,但是它的温柔实在太明显了。

"那是一只小母狼,宾果是不会伤害它的。"我断言。事实终于让我恍然大悟。接着,乔治说:"哎呀,真该死!"

于是,我们只好唤回了那只恋恋不舍的狗,继续赶路。

自此之后的数周里,有一只草原狼不断来打劫,它咬死了我们的鸡,偷走了屋角的很多块猪肉,这让我们很是恼火。有好几次,当大人们不在家的时候,它趴在小木屋的窗户上往里看,吓坏了孩子们。

在对付这只草原狼上,宾果看起来没有起到一点作用。终于,这只狼被打死了。从此,宾果对奥利弗明确地表现出持久的敌意，因为正是这个人打死了那只母狼。

六

　　一个人若能和他的狗同患难，共甘苦，彼此忠诚相依，这是一件多么奇妙和美好的事情啊！巴特勒讲述了这么一个故事，说是在遥远的北方，有一个非常团结的印第安部落，后来因为长期内讧，自相残杀而几乎灭绝了。战争的起因，仅仅是因为一个族人的狗被他的邻居杀死了。在我们自己之间也存在法律诉讼、格斗和不共同戴天的世仇，一切都指向那个同样古老的道德观念——"爱我，就要爱我的狗"。

　　我们的一个邻居，有一只叫坦恩的非常棒的猎狗，他认为是世界上最优秀、最珍贵的一只狗。我爱他，于是我也爱他的狗。有一天，当可怜的坦恩被伤得血肉模糊地爬回家，死在门口时，我也和他的主人一样，发誓要报仇雪恨，而且从那时起，就不放过任何机会去追查凶手。我们一边提供奖金悬赏，一边动手搜集蛛丝马迹的证据。事情终于查清了，住在南边的三个人之一，曾参与这个残忍的事件。线索变得越来越清晰，我们很快就可以向那个杀害坦恩的坏蛋追讨正义。

　　随后，发生了一件事，顿时改变了我的想法。这件事使我认为，把那只老猎狗弄得血肉模糊绝对不是一个不可原谅的罪过，而且事实上，经过仔细考虑，这种做法也许还值得称赞呢。

乔治·莱特的农场位于我们家的南边。有一天我到他那儿，小乔治知道我正在追踪凶手时，就把我拉到一边，偷偷向四周张望了一下，然后带着沉痛的语调悄悄地对我说："这件事就是宾果干的。"

事情便只好到此为止了。因为从那一刻起，我就竭尽所能来阻挠正义的伸张，尽管之前的我曾是那么卖力地去促动这件事。

尽管很久之前，我就把宾果送走了，但我仍然觉得自己是它的主人。不久后，宾果参与的一件大事，足以证明我和它之间牢不可破的关系。

乔治·莱特和奥利弗是邻居，又是密友。他们达成了一个伐木协议，直到冬末，都还在一起融洽地工作。后来，奥利弗的一匹老马死了，他打算物尽其用，便将马拖到草原上，并在尸体上投了毒，用来对付附近的狼群。唉，可怜的宾果！它总是像狼那样生活，尽管这种活法让它替狼分担了很多不幸。

宾果和它的所有野生亲戚一样喜欢吃死马。就在那个夜晚，它和乔治·莱特家的狗克雷一起光顾了那匹死马。从留在雪地上的脚印看，宾果似乎主要负责赶走前来分食的狼群，克雷却放开肚皮大吃了一顿。到了毒药开始发作时，盛宴才被打断。忍受着可怕的痉挛和疼痛，克雷跌跌撞撞地返回家中，倒在乔治的脚旁，抽搐着，极度痛苦地死去了。

虽说"爱我，就要爱我的狗"，但此时任何解释和道歉都是多余的；无论如何解释这件事情发生的偶然性，都是没用的。宾果和奥利弗之间长期存在的不和也被人突然记起。伐木协议从此被弃之不顾，所有的友好关系也都终止了。克雷临死前的哀号让人们开始拉帮结派，争斗不休。时至今日，也没有哪个城镇能容纳下这么多敌对的派别。

几个月之后，宾果体内的毒才彻底化解。我们以为从前那个强健的宾果再也回不来了，可当春天到来的时候，它又恢复了生机，就像青草一样越长越旺盛。过了几周，它完全康复，又开始活蹦乱跳了。这让它的朋友为之骄傲，却让它的邻居为之厌烦。

七

生活的变迁使我远离了马尼托巴。当我于1886年重返这儿时，宾果仍然是莱特家的成员之一。我以为离开这儿两年，宾果已经把我给忘了，事实却并非如此。

初冬的一天，在失踪了48个钟头后，宾果带着捕狼机爬进莱特家，捕狼机上拖着一根沉重的圆木。宾果的这只脚已经冻得像石头一样僵硬。它显得很野蛮，没有人能够接近它，帮它脱离困境。当我蹲下来，用一只手握住捕狼机，另一只手拿着它的腿时，它迅速用牙咬住了我的手腕。我没有动，只是说："宾果，你不认识我了吗？"

宾果没有咬破我的皮肤，并马上松了口。尽管在拆除捕狼机的过程中，它一个劲儿地哀号，却没有再进行任何反抗。它仍然把我当作它的主人，即使它的住所发生了变化，我也已经不在这儿有两年之久。虽然交出了主人的权利,但我觉得它依然是我的狗。

宾果很不情愿地被带进屋子里,冻僵的脚暖和过来。在那个冬季剩下的日子里,它走起路来一瘸一拐的,两个脚趾还是被冻掉了。然而,在天气再次转暖之前,它已经完全恢复了健康和活力。看起来,关于那个捕狼机的可怕经历并没有对宾果造成影响。

八

就在同一个冬天里,我捕获了许多只狼和狐狸,它们没有宾果那么好的运气,能从捕猎陷阱中逃脱。我将那些捕狼机安放在外面,直到春天。因为即使那时猎物的毛皮已经不值钱,但捕猎奖金也还是有不少呢。

肯尼迪草原是一个布设陷阱的好地方。这儿人迹罕至,还处在浓密的森林和居住区之间。我一直很幸运,从此地猎获了不少皮毛。

四月末的一天,我骑着马进行例行巡视。

捕狼机都是用重型钢铁制成的,装有两个大弹簧,每个弹簧都能承载一百多磅的拉力。捕狼机以四个为一组,环绕诱饵布设。首先要把捕狼机牢牢地系在隐藏起来的圆木桩上,然后再小心翼翼地盖上棉花,撒上细沙,确保看不到任何蛛丝马迹。

一只草原狼被一架捕狼机捉住了。我用一根木棒打死了它,将它拖到一边,然后开始重新布设陷阱,就像我以前成百上千次做的一样。一切都会迅速处理妥当的。我把布置捕狼机时用的扳手朝我的马站着的地方扔去。我看到附近有些细沙,就想伸手抓一捧添到陷阱上,完美地结束这次布设。

哦,这是一个多么不幸的想法啊!唉,长期的安然无恙导致了愚蠢的麻痹大意!原来,那些细沙是撒在另一个捕狼机上的,顷刻间我便成了囚徒。尽管没有受伤,因为这些铁夹没齿,而且我戴着厚厚的工作手套,减弱了铁夹咬合的力度,但我的手指还是被牢牢地夹住了。这并没有让我惊慌失措,我试着用右脚去够捕狼机扳手。我的脸冲下,伸直身体,尽力让自己朝着扳手的方向努力,让那只没有被囚禁的手臂尽可能地伸长。我无法在够扳手的同时,还能用眼睛看到它,只能凭借脚趾的感觉来判断,不能确定是否触到了那把能打开铁夹的小钥匙。第一次的努力失败了,我没有碰触到任何金属。我慢慢地转动脚踝,扫了一圈,可还是失败了。后来,我费劲儿地察看一番才明白,我已经往西面偏得太远了。我只好开始四处移动,想用脚趾试着寻找到那把钥匙。于是,我不停地用右脚在四周胡乱摸索,却忘记了另一只脚,直到听到一声尖锐的"当",3号捕狼机上的铁爪紧紧地卡住了我的左脚。

起先,我还没有深刻地意识到这种处境的可怕,但很快我就发现自己所有的挣扎都是白费力气。我既不能从任何一个铁夹中挣脱,也不能将两个捕狼机移动到一起。我只能四肢伸展地趴在那儿,被牢牢地钉在地上。

我会怎么样呢?冻僵的危险不太大,因为严寒的天气已经结束了。可是,除了冬天的伐木人,肯尼迪草原上从来都是人迹罕至。没有人知道我到哪里去了,如果我不能设法解救自己,那么就会被狼群吞食,再不然就是死于寒冷和饥饿。

我趴在那儿,红红的太阳落到了草原西面一片长着云杉的沼泽地上空。一只角百灵①站在地鼠的土墩上,叽叽喳喳地唱着小夜曲,像是前一天晚上在我们小木屋门口唱的一样。尽管麻麻的疼痛感正在缓缓地爬上我的胳膊,一阵可怕的寒意席卷着我的全身,我还是注意到角百灵头上像耳朵一样的两簇毛有多么长。然后,我的思绪飞到了莱特家木屋里舒适的晚餐桌上。我想象着,现在他们正在煎猪肉作为晚餐,或是刚刚坐下来吃饭。我的小马仍然站在那儿,耐心地等着带我回家,我把马鞍扔在了地上,但它并不理解我为什么耽搁了这么久还不离开。当我呼唤它时,它不再啃青草了,而是木然地看了看我,带着一丝无助的询问的表情。如果它只带着空空的鞍辔跑回家,可能就会告诉别人发生了什么,我就能获得救援。可是它忠心耿耿,只会留下来耐心地等着我, 却不知我很可能死于寒冷和饥饿。

后来,我记起了套狼人老吉罗是怎么死的。直到第二年

---

① 角百灵:雀形目、百灵科鸟类,分布于美洲、印度次大陆及中国的西南地区,栖息于干旱山地、荒漠、草地或岩石上。雄鸟上体棕褐色至灰褐色,在额部与顶部之间有宽阔的黑色带纹,带纹后两侧有黑色羽毛突起于头后如角;雌鸟似雄鸟,但头侧无角状羽。

的春天,他的同伴们才发现了他的尸骨,一条腿还夹在捕熊机里。我想知道我穿着的衣服的哪个部分可以表明我的身份。接着,我又闪现了一个新念头,一只狼被夹住时的感觉大概就是这样吧。哦!我要为多少这样的痛苦承担责任啊!现在,我已为此付出代价了。

黑夜缓缓地降临了,一只草原狼开始嗥叫了。小马竖起了耳朵,朝我走近了一些,耷拉着脑袋站在那儿。接着,又一只草原狼嗥叫起来,紧接着又是另一只。我听得出来,它们正在附近的某个地方集结。我俯首趴在那儿,无能为力。我想知道它们过来把我撕成碎片,是否就是所谓的公平呢?它们叫了很长时间,我才看见它们黑黑的身影正从附近鬼鬼祟祟地向我靠近。我的马儿首先看见了它们,它惊恐地喷着响鼻,开始倒是把狼群吓得退了回去。可等这些狼第二次走过来时,它们便靠得更近了一些,围着我坐在了草地上。很快,一只胆子大一些的狼爬近了一点,用力拖走了那只死去的同类。我大声吆喝着,它咆哮着退了回去。小马害怕地跑远了。没过多久,那只狼又回来了,后来有两三只退下去的狼也返了回来,那具尸体被拖走了,几分钟后就被那些狼吞吃掉了。

吃完之后,它们走得越来越近,蹲坐在地上,盯着我。一只大胆的狼嗅了嗅我的猎枪,抓起沙土往上面撒。当我用那只可以活动的脚踢它并大声叫喊时,它退了回去。可是,当我的叫声变得越来越微弱时,它的胆子就变得越来越大了,走过来冲着我的脸吼叫。看到这种情形,其他的狼也靠拢过来。我意识到自己就要被平生最瞧不起的对手吞食了。就在这时,黑暗中突然蹿出一只"大黑狼",喉咙里还发出"咕噜咕噜"的咆哮声。草原狼马上像谷糠一样散开了,除了那只胆子最大的狼。它被新来的"大黑狼"抓住了,片刻之间就被拖成了一具脏烂的尸体。哦,天哪,多可怕呀!接下来,这只凶猛的野兽跳着向我冲过来。它居然是宾果——我的宾果!它呼哧呼哧喘着气,用毛茸茸的身体磨蹭着我,舔着我冰冷的脸。

"宾果——好——小子——去把我的扳手拿过来!"它跑过去,把我的猎枪拖过来,因为它只知道我想要这一件东西。

"不,宾果,是扳手。"这一次它拖来的是我的腰带。最终,它还是把扳手拖了过来。这一次,它因为拿对了东西,高兴地摇着尾巴。我伸出那只可以活动的手,费了好大劲儿,才拧开了圆木桩上的螺母。捕狼夹松开了,我的手终于被放了出来!一分钟后,我获得了自由。

宾果把小马赶过来。经过慢慢活动之后,我的血脉恢复通畅,我能跨上马了。然后,我们动身回家了。我先是慢慢骑行,但不久就策马飞奔起来。宾果负责通风报信,它跑在前面,欢快地汪汪叫着。回家后我才知道,尽管在那个晚上之前,我从来没有带着宾果走过捕狼陷阱的巡视路线,但这只勇敢的狗在那天晚上举止怪异,不停地呜呜叫着,不时地看着通往树林的小路。最终,当夜晚来临时,不管如何阻拦它,它还是起身消失在黑暗中了。凭借一种不为我们

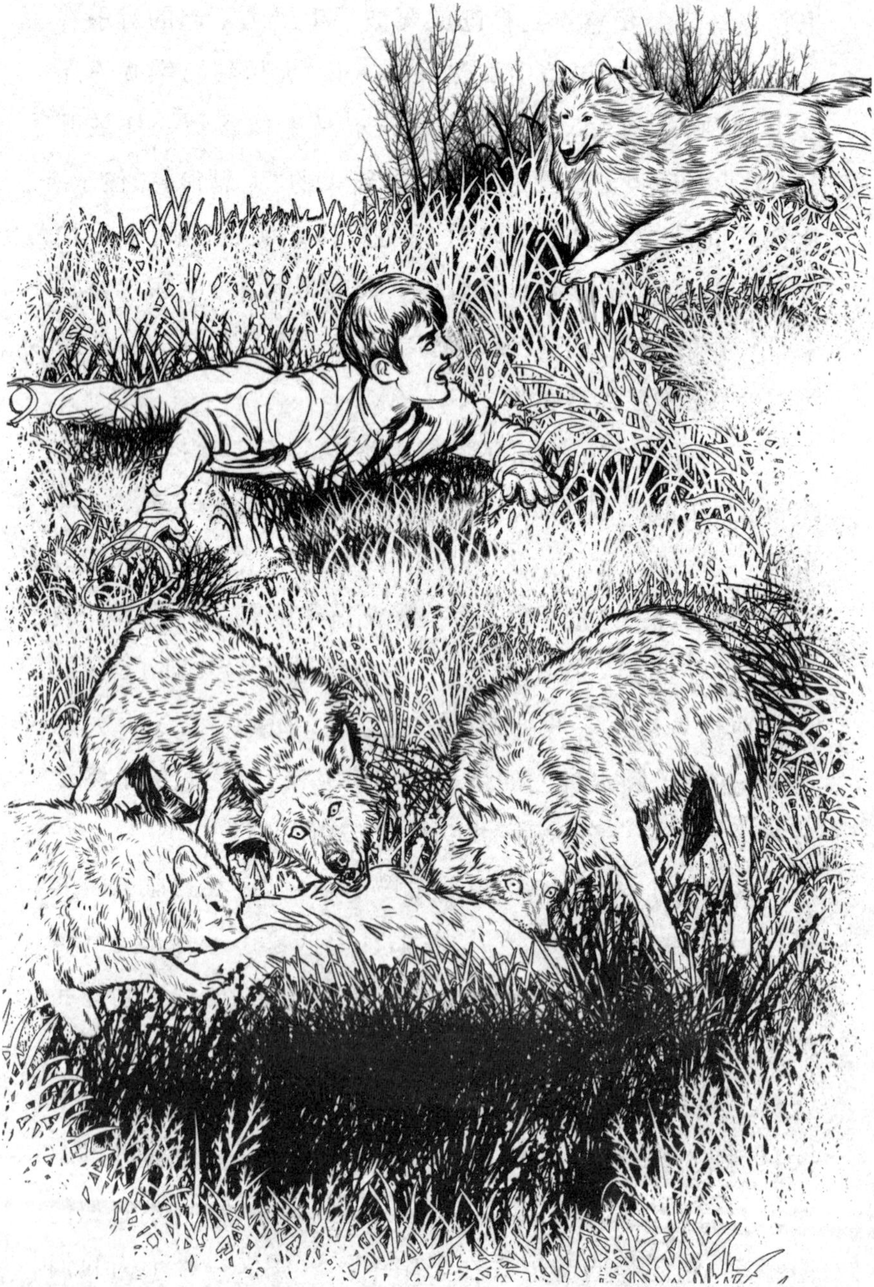

所知的知识的指引，它及时地赶到了那个地点，替我报了仇，并把我解救出来。

忠诚的宾果真是一只奇怪的狗。虽然它的心一直和我在一起，但到了第二天，它从我身边经过时，却看都没看我一眼。而当小乔治招呼它时，它却兴奋地回应着，跟着它去猎捕地鼠了。

直到最后，它都是如此；而且直到最后，它都过着自己喜爱的狼一样的生活，总是能找到冻死的马匹。一次，它又发现了一匹被下过毒的死马，并狼吞虎咽地吃下了那块毒饵。后来在感到剧痛时，它动身去找我，而不是去找莱特。它来到我以前住的小木屋门口。第二天，当我回来时，发现它已经死在雪地里了，而它的脑袋搁在门槛上——这个门还是它小时候的那个门。在它的内心深处，它始终都是我的狗。在临终前最痛苦的时刻，它跑来寻求我的帮助，却扑了个空。

斯普林菲尔德①的狐狸

叔叔家的母鸡接二连三地神秘失踪,已经有一个多月了。于是,当我回到斯普林菲尔德的家中消夏度假时,寻找母鸡失踪的原因就成了我义不容辞的责任。事情很快就查明了:这些母鸡每次总是被整个儿带走,一般发生在它们离开鸡棚之后,要不然就是在返回鸡棚之前,这个案发时间说明绝对不是流浪汉或者邻居们所为;它们不是从高高的栖木上被捉走的,这就证实了浣熊和猫头鹰的清白;也没有发现被吃剩的部分残留物,这就排除了黄鼠狼、臭鼬或者水貂作案的可能性。既然如此,罪责当然就落在狐狸列那②的头上了。

河流的对岸是埃林代尔大松林。我在河边低一些的浅滩上仔细察看,发现了几个狐狸的脚印,还有一根带条纹

---

①斯普林菲尔德:是英文单词"Springfield"的音译,美国地名,有版本意译为"春田"或"泉原"。

②列那:这里指代狐狸。"狐狸列那"的故事是大约在1170年到1250年间流传于法国的民间寓言故事。今天广为流行的版本是法国女作家玛·阿希·季诺夫人编写的《列那狐的故事》,共33篇散文体故事。

的羽毛，它是从我们家普利茅斯洛克种鸡身上掉下来的。为了寻找更多的线索，我想爬到远一点儿的堤岸上。这时，我听到背后传来一群乌鸦响亮的叫声，转身一看，这些黑鸟儿正向着浅滩上的什么东西俯冲下去。从一个视线较佳的位置可以清楚地看到，这儿发生的正是一个贼喊捉贼的老故事。在浅滩中央那儿有一只狐狸，嘴巴里正衔着什么东西——它又从我们家谷仓的场院里偷了一只母鸡，正往回跑呢。尽管这些乌鸦自己也是恬不知耻的抢劫者，可是它们永远第一个大喊："抓贼啊！"而且，它们还早就准备好从掠夺者那儿分得一份"封口钱"呢。

现在它们上演的正是这出把戏。狐狸想要回家，就非得涉过这条河流不可。可是这样，它就不得不遭受来自鸦群的全方位攻击。现在它正想猛地一下冲过去。毫无疑问，若不是我加入了这场攻击，它一定可以带着自己的战利品成功渡河。然而这时，它却只能扔掉那只奄奄一息的母鸡，消失在树林中。

狐狸这么大量、有规律地搜掠食物，并且整个儿叼走，只能说明一件事——它家里养着一窝小狐狸。现在，我决心一定要找到它们。

那天晚上，我带着自己的猎狗兰格，趟过河水，来到埃林代尔松林。猎狗一到这儿刚开始转圈儿，我们就听到了短促、尖尖的狐狸叫声，叫声是从附近一个林木茂密的峡谷里传过来的。兰格立刻就冲了过去，它嗅到了浓烈的狐狸的气味，异常兴奋，笔直地向前跑着追去了，直到声音消失在远处的高坡上。

将近一个小时以后,兰格回来了。它气喘吁吁,浑身热乎乎的,躺在了我的脚边。因为那时正是炙热的八月天。

几乎就在同时,从我们近旁又传来狐啼声,"呀扑噜噜",于是猎狗又一次冲出去了。

当兰格消失在黑暗中时,狗吠声像雾角①的鸣声一样,径直向着北边去了。不一会儿,那种响亮的汪汪声,变成了低沉的呜呜声,接着又变成了微弱的噉噉声,最后消失了。它们一定是离开这儿了,即便我把耳朵贴在地面上,也听不到什么声音了。一般来说,兰格那响亮又刺耳的叫声,即使隔了一英里远也很容易听到。

当我站在黑黝黝的树林里等待时,听到一阵甜美的滴水声:"叮当嘀叮,嗒叮当嘀咚。"我根本不知道,离这儿这么近的地方还有泉水。在一个酷热的夜晚,这可真是一个令人高兴的发现啊。泉水的声音把我引到一棵橡树粗大的枝干面前,在那儿我找到了声音的源头。这是多么温柔、甜美的歌声呀,在这样一个夜晚,让人充满愉悦的遐想:

咚当嘀叮
嗒叮个咚个当个嘀个
嗒嗒叮当嗒嗒叮当
喝一桶啊,喝啊,喝个醉呀

---

①雾角:一种在雾天里向过往船只发出警告的喇叭,一般装在靠近港口的岸边或有发电设备的灯塔上,声音响亮而尖。

原来这是棕榈鬼鸮①唱的"滴水歌"。

突然,传来一阵深沉、粗重的喘息声,还伴有踩在落叶上的沙沙声响,这表明兰格已经回来了。它完全累坏了,舌头几乎耷拉到地面上,还不停地吐着白沫。它的两胁一起一伏,斑斑点点的泡沫不断地从胸脯和身体两侧滴落下来。有一会儿,它屏住喘息,恭顺地舔了舔我的手,然后扑通一声躺倒在树叶里,它粗重的喘息声淹没了其他一切声响。

可就在这时,那个恼人的"呀扑噜噜"的叫声又一次从几步远的地方传过来。这种声音所代表的意义,一下子让我恍然大悟了。

原来那些小狐狸藏身的洞穴就在我们跟前,而那两只老狐狸正轮番上阵,想把我们从这儿引开呢。

现在已是深夜,我们便先回家了。我满怀信心地觉得,问题就要解决了。

二

人们都知道,有一只老狐狸和它的一家子就住在附近,但没有人想到它们会离得如此之近。

这只狐狸被人们叫作"疤脸",因为在它的脸上有一道疤痕从眼睛一直向后延伸到耳朵根。这大概是它在追猎一只兔子的时候,被带刺铁丝网弄伤的。伤口愈合后,长出来

---

①棕榈鬼鸮:一种生活于北美的猫头鹰。

一绺白毛，于是这就成了辨认它的标志。

去年冬天，我曾遇见过疤脸，已经领教过它的狡诈了。那是在下过一场雪之后，我外出打猎，穿过旷野，来到老磨坊背后那个灌木丛生的山谷边缘。当我抬起头来观望山谷时，一下看到一只狐狸正在远处急匆匆地奔跑，它的路线和我的刚好垂直相交。于是，我马上停下来，一动也不动，甚至不敢低下头或者转动头，唯恐一动就会引起它的注意，一直待到狐狸继续往前跑，消失在谷底浓密的灌木丛林里。一等它被遮住不见了，我就立刻跑了下去，来到丛林另一侧的出口拦截它。我早早地跑过去守候在那儿，却一直没有狐狸走出来。我仔细一瞧，发现了狐狸的新脚印，原来它已经跳过丛林跑走了。沿着那些脚印望过去，我看到老疤脸正在我身后很远的地方，屁股蹲坐在地上，龇着牙笑呢，好像觉得我很可爱似的。

研究一下它的脚印，事情的原委就很清楚了。其实，在我看到它的时候，它已经看到了我，但它也像一个地道的猎手一样，故意隐藏了这个事实。它装出一副对此事一无所知的样子，直到走出我的视线之后，这才开始使劲逃命，然后绕道跑到了我的背后，等着看我的计谋破产来取乐呢。

春天的时候，我又一次领教了疤脸的狡猾诡诈。当时，我正和一个朋友沿着公路走在高处的牧场上，经过一个距离我们不到三十英尺远的山梁，山梁上面有几块灰色和褐色的大圆石。当走到离山梁最近的地方时，我的朋友说：

"瞧,第三块石头看起来很像是一只蜷伏的狐狸。"

但是,我没有看出来。于是,我们便走过去了。没走多远,一阵风吹过来,吹在那块石头上就像吹在毛上一样。

我的朋友说:"我绝对没看错,那就是一只狐狸,正躺着睡觉呢。"

"我们很快就会弄清楚的。"我一边回答,一边打算转身往回走,但是,我刚迈出一步,疤脸就从地上跳了起来,跑掉了。那块"石头"就是它。牧场中央曾被一场火扫荡过,留下了一片宽阔的黑土地。疤脸拼命地跑过这片黑土地,又一直跑进未烧过的黄草丛中,然后在那儿蹲下来,消失不见了。其实,刚才它一直在观察我们,如果我们沿着公路一直前进,它就会一动也不动。这件事说起来最让人惊奇之处不在于它看起来像一块圆圆的石头或是一堆干草,而是它知道自己像什么,并且随时利用这一点,使自己从中受益。

不久我们就发现,正是疤脸和它的妻子维克森①,把我们的松林当成了它们的家,并把我们的谷仓场院当成了它们的食品供给基地。

第二天早晨,经过在松林里的一番搜索,我发现了就在近几个月内才挖出来的一大堆泥土。这些土一定是从一个新地洞里弄出来的,可是在这儿却看不到什么洞口。众所周知,一只真正聪明的狐狸在挖掘一个新洞时,它会把所有的泥土都运送到先前挖好的第一个洞口去,然后它会继

---

①维克森:是英文单词"Vixen"的音译,原意为"雌狐",作者遂将此作为雌狐的名称。

107

续挖一条地道通向很远的灌木丛里。最后，它会把第一个洞口，也就是特别显眼的那个洞口永远封起来，只使用隐闭在灌木丛中的出口。

经过小小的勘查，我在一个小山丘的另一侧找到了真正的地洞入口，并且有充分的证据表明，这里面住着一窝小狐狸。

在山坡上的灌木丛里矗立着一棵空心大椴树。它倾斜得很厉害，树的底部有一个大洞，顶部有一个小点儿的洞。

我们这儿的男孩子经常利用这棵大树，玩探险游戏。他们在松软腐朽的树干内壁上砍出了一些阶梯，这让那个空树干变得很容易爬上爬下。现在它刚好可以为我所用了。第二天，在太阳暖融融的照耀下，我就去那儿观察。从树顶的那个位置上，我很快就看到了这个有趣的狐狸家庭，它们就住在近旁的地洞里。家里有四只小狐狸，它们看上去很不可思议，长得就像小羊羔似的，毛茸茸的，四条腿儿又长又粗，脸上带着天真无邪的表情。然而，若再看一眼它们那长着尖尖鼻子、细长眼睛的宽面孔，就可以发现，每一个天真的小家伙都具备长成一只诡计多端的老狐狸的素质。

小狐狸们在洞口附近四处玩耍，晒太阳或是扭打在一起玩摔跤。直到听到一点轻微的响声，它们才迅速地钻到地洞里去。但这次它们的惊慌是没有必要的，因为来的正是它们的妈妈。它从灌木丛中穿出来，又带回了一只母鸡——我记得，这已经是第十七只鸡了。妈妈发出一声低低的叫唤，小家伙们就连滚带爬地从洞里跑出来了。接下来出现的一幕景象,我觉得很迷人,但要是我叔叔看到,就一点儿也不喜欢了。

小狐狸们冲向母鸡,和母鸡扭打在一起。它们彼此之间也是你抢我夺,相互争斗。而这时,这位妈妈一边用机敏的目光提防着敌人,一边带着甜蜜的喜悦在观看。雌狐脸上的表情十分惹眼。乍一看,像是它咧开嘴高兴地笑着,可是笑脸中仍然存有平素的野蛮和狡诈,同时还有残忍和紧张的神情,但总体来看,它的脸上满含母亲的自豪和慈爱,这一点是显而易见的。

我在树上的据点藏在灌木丛里,比狐狸洞所在的小山丘低得多。因此,我可以随意来来去去,而不会惊动那些狐狸。

我来这儿观察了许多天,目睹了小狐狸们接受的诸多训练。它们很早就学会一听到特别的动静,就变成一动不动的雕像;之后,若是再听到响声或是发现其他可怕的危险因素,就会快速跑进洞里藏起来。

有些动物由于母爱过于强烈以至于泛滥,因而惠及别的动物。老维克森看起来不是这样的母亲。它从幼狐身上得到的快乐可以导致最极端的残忍。因为它经常给小狐狸们叼回来一些活生生的老鼠和小鸟,她尽量避免重伤它们,以便让那些小狐狸有更多的余地来折磨它们。

在小山上面的果园里,生活着一只美洲土拨鼠。它既没有英俊的外貌,也很无趣,可是它知道如何照顾好自己。土拨鼠在一棵老松树树桩的树根中间挖了一个洞穴,这样,狐狸们就没法通过打地洞来追踪它了。辛苦的劳动不是土拨鼠追求的生活方式。它们相信，智慧比干重活更有价值。每天早上，这只土拨鼠喜欢在树桩上晒太阳。如果看到狐狸走近，它就溜到自己的洞门口；如果敌人离得非常近了，它就溜进洞里面去，待得足够久，直到危险过去才出来。

一天早晨，维克森和它的丈夫似乎觉得时机已到，孩子们应该了解一些关于土拨鼠的专业知识了。果园里的这只土拨鼠可以为这次实例教学提供非常不错的服务。于是，它们一起来到果园篱笆里，没有被那只在树桩上的老土拨鼠看见。接着，疤脸就在果园里现身了，它一声不吭地沿着一条直线走着，以便从距离树桩稍远的地方经过。可是，它连头都没回一下，为的是让始终保持警觉的土拨鼠认为狐狸并未发现自己。当狐狸走到田里时，土拨鼠悄悄地从树桩上下来溜到洞门口，在这儿等着狐狸走过。但是它想来想去，觉得还是明智一些更好，于是钻进自己的洞里去了。

这正是狐狸们想要它做的事情。本来一直在土拨鼠视线之外的维克森，这时便飞快地跑到树桩那儿，躲藏在树桩的后面。疤脸还是径直地继续向前走着，但它走得慢吞吞的。土拨鼠一直没有听到什么动静，因此不久它就从树根之间探出脑袋来，四下环顾。那只狐狸仍然继续朝前走着，而且离这儿越来越远。当狐狸走过去时，土拨鼠的胆子变大了，它来到离洞口更远的地方。等看不见狐狸了，它就又爬到了树桩上。维克森纵身一跃就抓住了它，然后将它摇来晃去，直到它昏死过去。疤脸一直用眼角的余光密切注视着,现在它跑了回来。但是,维克森已经将土拨鼠叼在嘴里,朝洞穴的方向跑去了,疤脸明白用不着自己上阵了。

  维克森一边往洞穴跑,一边小心翼翼地衔着土拨鼠,希望到家后它还能稍微搏斗一会儿。它在洞口低低地"呜呜"叫了一声,小家伙们就像学校的男生一样跑出来玩耍。维克森把那只受伤的土拨鼠扔给小狐狸们,它们就像四个小暴徒一样开始进攻,喉咙里发出细细的吼叫声。它们使出浑身的劲儿,用婴儿般的嘴巴小口小口地撕咬着那只土拨鼠。但土拨鼠为了求生还在应战,它一边还击,一边慢慢地一瘸一拐地爬向一簇灌木丛里寻求庇护。小狐狸们像一群猎狗似地追逐着土拨鼠,拖着它的尾巴,咬住它的腹侧,可是却无法将它拉回来。于是,维克森跳了两三下,上前就把土拨鼠制服了,又将它拖到空地上供孩子们撕咬。这场野蛮的游戏反复进行了几个回合。直到有一只小狐狸被土拨鼠狠狠地咬了一口,发出了痛苦的尖叫声,这才刺激了维克森,它一下结束了土拨鼠的生命,并立刻将它摆上了餐桌。

  离这个狐狸洞不远的地方有一片洼地,那儿杂草丛生,是一群田鼠的活动场地。小狐狸们最早学习的森林生存技巧课程,就是在离洞穴不远的这片洼地里进行的。它们在这儿上了关于田鼠的第一堂课,这在所有的捕猎活动中是最简单的一种。在教学的时候,最要紧的事情就是老狐狸的示范,同样关键的还有小狐狸根深蒂固的生存本能。老狐狸也会发出一两个指令,意思是"静静地趴着别动,观察""过来,照我的样子做"等等,诸如此类的指令是最常被用到的。

在一个平静无风的夜晚,这快乐的一窝小狐狸来到洼地里,狐狸妈妈让它们静静地趴在草丛里。不久,一个微弱的尖叫声传来,表明猎物已经蠢蠢欲动了。维克森站起来,踮着脚尖走进草里。它不是蹲伏着而是尽量站得高一些,有时候为了看得更清楚些,它甚至会将后腿支起来。田鼠跑动的路线藏在盘根错节的草丛底下,要想弄清楚一只田鼠的下落,唯一的办法就是观察野草轻微的摇晃。因此,捕猎田鼠只能选择平静无风的日子。

捕捉田鼠的关键在于确定田鼠所在的位置,先抓住它,才能看清它。不一会儿,维克森就一跃而起,在它抓住的一簇枯草中间,有一只田鼠发出了生命中最后一次尖叫。

田鼠很快就被雌狐狼吞虎咽地吃光了,四只笨拙的小狐狸努力学着妈妈的样子行动起来。终于,最大的那只小狐狸平生第一次抓住了一个猎物,它兴奋地颤抖着,带着与生俱来的野性冲动,将自己那珍珠般的小奶牙插进了田鼠的身体里。这种举动大概连它自己都有点儿惊奇了。

另一堂家庭教育课是关于红松鼠的。恰巧,有一只红松鼠就住在附近。它常常停歇在某个安全的高枝上,花费一部分时间来诅咒狐狸。有好多次,当它穿过林间空地从一棵树跳到另一棵树上,或者在距离狐狸们差不多一步之遥的地方唾沫飞溅地咒骂狐狸们时,这些小狐狸曾经试图抓住它,却总是没够着。然而,老狐狸维克森可是精通自然历史的。它了解松鼠的本性，等合适的时机到来，它就会动手把它当作范例。维克森先将孩子们藏起来，然后它平平地躺在空旷的林间空地中央。这只红松鼠跑过来了，就像往常一样责骂不休。但是，维克森一动也不动。红松鼠靠得越来越近，最后在维克森头顶上方的树枝上喋喋不休："你这个畜生，你这个畜生……"

可是维克森像死了似的躺在那儿。这件事令红松鼠非常困惑。于是，它从树干上溜下来，偷偷地环视四周，又紧张地冲过草地，到另一棵树上去，蹲在一根安全的树枝上又咒骂起来："你这个畜生你，你这个没有用的畜生！"

然而，维克森直挺挺地躺在草地上，没有一点生气。这对红松鼠来说可是件非常闹心的事儿。好奇的天性使它很想冒一次险。于是，它又一次溜到地面上，匆匆地穿过林间空地，比之前离狐狸更近了些。

维克森依然如死了一般一动不动地躺着。连小狐狸们也开始疑惑，它们的妈妈是不是睡着了。

现在，松鼠已经被莽撞的好奇心弄得有点疯狂了，它扔下一块树皮砸在维克森的头上，用尽了所知道的恶毒字眼儿来咒骂。而维克林依然没有动。

于是，在几次往返于林间空地之后，它冒险来到距离狐狸只有几步的地方。其实一直在装死的维克森始终保持警觉，它从地上一跃而起，一瞬间就把松鼠死死摁在地上。

"小家伙们来吧，把它的骨头剔出来呀。"维克森招呼道。

就这样，小狐狸们学习了生存的基本技能。以后，当长

113

得更强壮些的时候,它们就被带到较远的田野里,开始学习辨别行踪和识别气味的高级课程。

小狐狸们会被分别教授每一种猎物的捕猎方法,因为每一种动物都拥有某方面的特长,要不然它就无法生存,同样它也会有某个很大的弱点,要不然别的动物就无法生存。松鼠的弱点是愚蠢的好奇心,而狐狸的弱点则是不会爬树。小狐狸们接受训练的全部目的,就是塑造它们学会利用其他生物的弱点,并且通过发挥它们诡计多端的强项来弥补自身的不足。

从父母那儿,小狐狸们学会了狐狸社会的重要生存法则。究竟如何学会的呢,不太容易说明白。但是有一点很清楚,它们是在父母的陪伴下学会的。尽管那些狐狸从来没有跟我说过一句话,但下面这些法则,是我从它们那儿学到的:

1.不要在你留过脚印的直道上睡觉。
2.既然你的鼻子长在眼睛前面,那么首先要相信鼻子。
3.只有傻子才会顺着风向跑。
4.奔流的溪水会治疗许多疾病。
5.如果你能隐蔽,就不要暴露在旷野中。
6.如果你能绕道走,就不要直行。
7.凡是蹊跷的东西,都是不怀好意的。
8.灰尘和流水可以消除气味。
9.不要在兔子出没的林子里捕鼠,也不要在有母鸡的院子里猎兔。

10.避开草地。

……

这些生存法则的意义逐渐渗入小家伙们的脑袋里,它们对此已经略知一二——它们明白这一点,比如"不要顺着风向跑",是很明智的做法,因为当你闻不到对方的气味时,一阵风吹过去,对方就一定能闻到你的气味。

小狐狸们一一认识了它们家所在树林里的鸟类和野兽。接下来,等到能够跟随父母到外面的世界时,它们又认识了一些新的动物。于是,它们渐渐开始以为,自己已经熟悉了所有会活动的生物的气味。一天晚上,母亲将它们带到一块田地里,那儿有一个看起来陌生、扁平、黑乎乎的东西站在地面上。它有意将它们带来闻闻这东西的气味。但是,刚轻轻嗅了一下,它们就开始发抖,浑身每根毛发都竖立起来。它们自己也不知道为什么——这种气味似乎已经穿透了它们的血液,小狐狸们的全身都充满了本能的憎恨和恐惧。当母亲看到预期效果完全达到了时,就告诉孩子们:"这就是人的气味。"

三

与此同时,叔叔家的母鸡还在继续失踪。我并没有泄露幼狐们藏身的洞穴。说真的,我在那些小坏蛋身上花费的心思,可比对母鸡的失踪多得多。可是我的叔叔非常愤怒,他对我的森林知识给出了最轻蔑的评论。有一天,为了取悦叔叔,我带着猎狗穿过树林,来到山坡上的一片空地上。

我坐在一个树桩上,然后命令猎狗继续前进。不到三分钟,猎狗就大声叫喊起来,这种叫声的意思猎人都非常明白——"狐狸!狐狸!狐狸!就在下面的峡谷里!"

过了一会儿,我听见猎狗回来了。接着,我看到了那只狐狸——疤脸,正轻快地穿过河滩,往溪流里跑去。它趟着水,沿着靠近水边的浅浅河床,快步跑了二百码,然后直冲着我的方向跑过来。尽管我坐在一目了然的地方,但它却没有看见我,只是自顾往小山上爬,一面还不断回头观察猎狗的动静。在离我十英尺远的地方,它转过身来,背对着我坐了下来,脖子伸得长长的,对猎狗的行为表现出莫大的兴趣。兰格一边大叫着,一边循踪而至。但当它走到气味的杀手——奔流的溪水边时,就在那儿举足不前了。为了找到狐狸离开河水的地方,兰格现在唯一能做的事情,就是在河的两岸来回奔跑。

坐在我前面的狐狸,为了看得更清楚,挪了一下位置。它带着大多数人类具有的好奇心,津津有味地观察着来回兜着圈子的猎狗。它离我那么近,当猎狗跑进它的视线时,我看到它肩膀上的毛发稍稍竖了起来。我还能看到心脏在它的肋骨下跳动的样子,看到它一只黄眼睛里闪烁出的光芒。当猎狗被流水的把戏捉弄得完全不知所措时,这一幕看起来的确滑稽好笑。疤脸再也无法安静地坐着,它乐不可支地左右摇晃,还用后腿支起身体,以便更清楚地观看猎狗举步维艰的傻样。它的嘴巴几乎咧到了耳朵,尽管它的呼吸一点都不困难,但它呼哧呼哧地大声喘了一会儿气,或者说就是它正乐得哈哈大笑呢,就像一只狗露出牙齿,喘着气在笑一样。

当猎狗在为找不到狐狸的气味迷惑不解时,老疤脸沉浸在无比的喜悦之中,身子乐得扭来扭去。等猎狗找了很久,终于发现了狐狸的踪迹时,那气味已经变了味儿,几乎无法循迹追踪了。猎狗觉得朝着那个足迹叫唤已经没有一点必要了。

等猎狗一动身往小山上跑,狐狸就悄悄地溜进了树林里。我一直坐在那儿,一览无余地看着它,离它仅有十步之遥。但我处在下风,又始终一动不动,所以狐狸一点也没有发觉,在这二十分钟里,它的生命一直掌控在它最畏惧的敌人的手心里呢。兰格本来也会像狐狸一样,毫无察觉地从我近旁十英尺远的地方跑过去,但是,我叫住了它,它被我吓了一跳,显得有点儿紧张。兰格放弃继续追踪臭迹,躺在我的脚边,似乎有点难为情的样子。

这个喜剧场面变着花样上演了好几天。从河对岸的这所房子里可以看得清清楚楚。我叔叔对每天丢失母鸡的事情已经不耐烦了,于是他亲自出马,坐在空旷的小山上。老疤脸小步跑到它的瞭望台上,观看下面河滩上呆头呆脑的猎狗来回奔跑的傻样。正当它咧着嘴笑着,欢庆着一次新的胜利之际,叔叔冷酷无情地在疤脸的背后开了一枪。

四

可是母鸡仍然在不断失踪。我叔叔恼怒之极,决定亲自

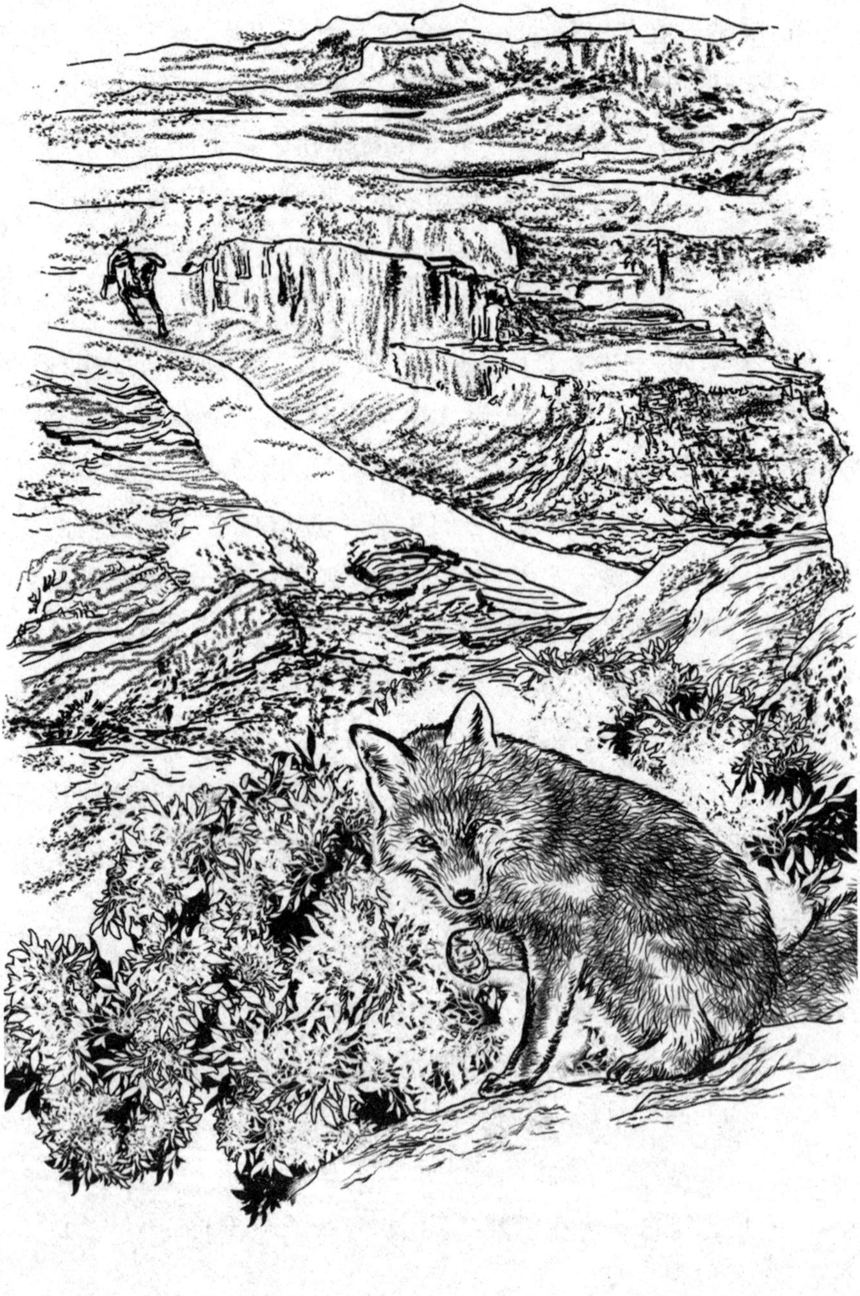

来打这场仗。他在树林中四处撒下毒饵,相信幸运之神不会让我们自家的狗吃到。他肆意抨击我的森林知识,认为已经不值一提。每天晚上,他自己都会背上一支枪,带着两条狗出门,看看他能消灭什么东西。

维克森非常了解毒饵是什么东西,它一般会选择视若无睹地从它们旁边走过。只有一次,它将一块毒饵丢进一个老对头的洞里,那是一只臭鼬,从此就再也没有谁见过它。以前,老疤脸总是随时准备对付那些猎狗,防止它们带来什么祸害。现在,抚育子女的重担全部落在维克森身上,它再也不能花费时间来清除通往洞穴的每个足迹,也不能总是等在洞穴附近观察敌情,并将这些可能会靠近的敌人引开。

这样一来,结局就很容易预见了。有一天,兰格紧紧跟随,追踪到了洞穴,而另一只狗——猎狐犬斯鲍特,宣布狐狸一家都在洞里呢,然后它就拼命地想钻进洞里逮它们。

所有的秘密现在都被揭开了,狐狸全家的命运注定在劫难逃。叔叔雇的人来到这儿,要用锄头和铁锹将它们挖出来。这时,我们和猎狗们就站在一旁观看。老维克森很快就现身在附近的树林里,它引着猎狗们向下面远处的河边跑去。到了河边,当它认为时机成熟时,就利用一个跳山羊的简单花招,甩掉了它们。受惊的山羊一下跑出去几百码,然后维克森从羊身上跳了下来,返回了洞穴。因为它知道现在气味已经出现了一段绝望的空白。于是,猎狗们被中断的气味难住了,很快它们也只能做相同的事情——返回狐狸洞。这时,它们发现维克森正绝望地在洞口徘徊着,它努力地想诱使我们离开它的宝贝们。当然这些都是白费力气。

这时,那个雇来的爱尔兰人正不断地用锄头和铁锹辛勤工作,并且卓有成效——夹杂着碎石的黄色沙土在洞口两侧堆积得越来越高。那个强壮的挖掘者的肩膀渐渐沉到了地平线以下。挖了一小时后,维克森还在树林附近转来转去,猎狗们精神抖擞地追逐着这只老狐狸。这时,爱尔兰人叫喊道:"它们在这儿呢,先生!"

这儿就是地洞尽头的那个巢穴,那四只毛茸茸的幼狐,正一个劲儿往后退缩躲藏。

我还没来得及干预,铁锹就给出了致命的一击,还有那只突然冲上来的凶猛的小猎狐犬,已经结果掉了三个生命。第四只,也是最小的一只狐狸勉强得救了,它被我抓住尾巴高高地拎起来,兴奋的猎狗够不着。

小狐狸发出一声短促的尖叫,它可怜的母亲听到呼号走了过来,在离我们很近的地方盘旋,要不是两只猎狗的意外掩护,它原本早该被枪弹射中了。不知何故,它似乎总是夹在猎狗们中间,并且,又一次将它们引开,让这场追逐变得毫无意义。

那个死里逃生的小家伙被丢进一个袋子里,它躺在里面非常安静。它的那些不幸的哥哥们被扔回到地上,被几铁锹泥土掩埋了。

然后,我们这些罪人返回了住所,小狐狸很快就被用铁链拴在院子里。没有谁知道为什么单叫它活下来,只是所有人的情绪都开始发生了变化,杀死它的想法不再会得到大家的支持。

它是一个美丽的小家伙,就像一只狐狸和一只羊的混血儿。它毛茸茸的外貌和体形跟小羊羔出奇地相像,看上去天真无邪。但是从它黄黄的眼睛里,闪现出狡猾和野蛮的光芒,这可能是最不像小羊羔的地方了。

只要一有人靠近它,它就会闷闷不乐地蜷缩着,战战兢兢地躲进避难的箱子里。只有单独把它留下来整整一小时之后,它才会冒险出来四处张望一下。

现在,我的窗户代替了空心的椴树。许多母鸡在院子里围着小狐狸走来走去,它对这种母鸡早就相当熟悉了。那天将近傍晚的时候,当母鸡们游荡着走近这个小俘虏时,链子突然发出一阵响声,小狐狸冲向离它最近的一只母鸡,要不是铁链猛地把它拉过来,它本来已经抓住了母鸡。它站了起来,溜回箱子里。尽管之后它又冲过去几次,但它估摸了一下自己跳跃的高度,无论成败与否都在铁链长度的范围内活动,它再也没有被残酷的铁链猛地拽回来。

夜幕降临的时候,小家伙变得非常不安,它偷偷地溜出箱子;可是稍有一点响动,它就又吓得拖拉着铁链缩了回去,要不然就是不时用前爪摁住铁链,愤怒地啃咬它。突然,它停下来好像在倾听什么,接着,它又抬起小小的黑鼻子,发出一阵急促、颤抖的叫声来倾诉。

这种情形重复了一两次,其间它在焦虑地摆弄那条铁链,并且四处跑来跑去。终于,远远地传过来一声回应,是那只老狐狸发出的"呀扑噜噜"的呼唤。几分钟之后,一个模糊的黑影出现在木堆上。小狐狸溜进箱子里,但是立刻又出来了,它高兴地跑过去迎接它的母亲,带着一种狐狸所能表露出来的全部喜悦。维克森闪电般地飞快咬住它,带着它掉头朝它走来的公路方向逃离。可是,就在铁链达到末梢的片刻,小狐狸被粗暴地从老狐狸的嘴里猛拉了回来。这时候,有一扇窗户打开了,维克森吓得匆匆从木堆上逃走了。

一个小时以后,幼狐才停止了四处乱跑和哭叫。我借着月光偷偷看过去,发现了狐狸母亲的身影,它伸直身子躺在小狐狸身旁,正在啃咬什么东西——铁器的叮当声告诉我,它啃咬的就是那条无情的铁链。这时候,小家伙梯普①正喝着妈妈热乎乎的奶水呢。

当我走出去时,维克森逃进黑漆漆的树林里了。而小狐狸栖身的箱子旁边有两只小老鼠,血淋淋的,还热乎着,这是那位慈爱的母亲为小狐狸带来的晚餐。第二天早晨,我发现在离小家伙的脖颈一两英尺的地方,链子已经被磨得雪亮了。

当我走进树林,来到被毁坏的狐狸洞那儿时,又发现了维克森的踪迹。这位可怜的心碎的母亲曾来到这儿,它挖出了浑身污泥的小宝贝们的尸体。

---

①梯普:英文单词"Tip"的音译,本意为"顶端、尖端",这儿用作小狐狸的名字,带有"小不点儿"的意思。

地上躺着三只小狐狸宝宝,现在身上都被妈妈舔得光滑平整,在它们身边,还放着两只刚被咬死的母鸡。那个新堆起来的泥土上,到处印着可以说明实情的印迹——它们告诉我,在这儿,它曾趴在死去的孩子们的身体旁边久久看护着,就像利巴斯①一样。在这儿,它给它们带来了平日喜爱的食物,这是它夜间捕猎的战利品;在这儿,它伸直身体躺在它们旁边,想给它们喂一些奶水。它渴望像过去一样喂养它们,温暖它们;然而它发现,它们柔软的皮毛下只有僵硬的小躯壳,冷冰冰的小鼻子一动也不动,对它的关爱没有一点反应。

维克森的肘部、胸部和关节留下的深深印痕显示,它曾经默默地悲伤地趴在这儿,久久地注视着它们,哀悼它们,就像所有的野生动物母亲哀悼自己的幼崽一样。但自此以后,它再也没有来过这个被毁掉的洞穴,因为现在它已经确切地知道,它的三个小宝贝已经死了。

五

这个小俘虏是一窝狐狸中最弱小的一只,如今成了维克森全部母爱的承受者。猎狗被放出去保护母鸡,雇来的男人也得到命令,一见到那只老狐狸就开枪——我也得到这样的吩咐,但是我决定说自己从来没有看见它。鸡头是

---

①利巴斯:《圣经》故事里的人物。她是所罗的妃嫔,为所罗生了两个儿子。后来,基遍人为复仇将她的儿子们悬挂在山上,活活地吊死。利巴斯用麻布在磐石上搭棚,日夜守护,日间不容空中雀鸟落在尸身上,夜间不让田野的走兽前来糟践。有人将她的所作所为禀告大卫,于是大卫派人去安葬了她的儿子。

狐狸的最爱，狗却连碰也不愿碰，因此许多鸡头都被下了毒，撒到了树林各处。通往拴着小狐狸院子的唯一道路，就是必须要勇敢地克服各种危险，爬过木堆。即便如此，老维克森还是每天来这里照料它的宝贝，给它带来新咬死的母鸡和猎物。尽管现在还没等小俘虏发出哀怨的哭叫声，它就过来了，我还是一次又一次地见到了它。

小狐狸被囚的第二个晚上，我听到了铁链哗啦的响声，接着就明白是老狐狸来了，它正埋头苦干，在小狐狸的窝旁挖洞呢。当那个洞已经挖到有它身体一半深时，它把松弛下来的铁链统统收集起来放进去，再用泥土将洞埋起来。然后，维克森带着胜利的喜悦以为它已经除掉了铁链，它咬住小梯普的脖颈，转身匆忙冲向木堆，可是链子又一次把小狐狸狠狠地从它衔着的嘴里拽了回去。

可怜的小家伙一边伤心地低声呜咽着，一边爬进了箱子里。半个钟头以后，从狗群那儿传过来一阵响亮的狂吠，这种吠叫声径直朝远处树林方向去了，我知道它们正在追赶维克森。它们离开后，又一直往北边铁路的方向奔去了，后来狗的喧嚣声逐渐消失，再也听不到了。到了第二天早上，猎狗还是没有回来。不久，我们就弄明白了其中的缘故。狐狸在很早以前就懂得了铁路是什么东西，它们很快就想出了几种利用铁路的办法。一种办法是在遭到猎狗追赶时，要刚好在火车开过来之前，沿着铁路跑一段长长的距离。这样，留在铁轨上的气味便总是很淡薄，还会被火车破坏掉。在这种情况下，总会有猎狗可能被火车头碾死。而另一种办法则更有把握,做起来却也更难。那就是刚好跑在火车前面,引着猎狗一直追到高架桥上。这样,火车在高架桥上超过猎狗时,它们必定会被撞得粉身碎骨。

这个诡计施展得十分高超,在铁路下面,我们找到了老兰格血肉模糊的遗体,知道维克森已经报仇雪恨了。

同一天晚上,在猎狐犬斯鲍特拖着疲惫的身躯回家之前,维克森又咬死了一只母鸡,带给小狐狸。它喘着气伸直身体,躺在它的旁边,给它喂奶来解渴。因为它似乎认为,假若没有它带来的食物,它就什么东西都吃不到。

正是晚上被咬死的那只母鸡,向我叔叔泄露了维克森夜夜光顾的秘密。

我自己的同情心已经完全转向了维克森一边,我不愿意插手进一步的谋杀计划了。第二天晚上,我叔叔亲自出马,手里握着枪,看守了一个钟头。后来,天气变冷了,月亮躲进云层。叔叔记起别处一件重要事情,于是就让爱尔兰人留在院子里代替他。

但是,这种寂静无声又令人焦虑的看守工作对爱尔兰人的神经产生了影响,让他变得有些"抓狂"。一个小时之后,听到"砰、砰"两声巨响,让我们确信他已经开过枪了。

早上,我们发现,维克森没有让它的小狐狸失望,因为又有一只母鸡被弄走了。接下来的一个晚上,我叔叔继续站岗看守。天黑后不久,只听到了一声枪响,维克森扔掉了携带的猎物,逃走了。它的第二次尝试招来了第二声枪响。然而第二天,我从明晃晃的链子上看出,维克森还是来过

125

了,它徒劳地努力了几个小时想咬断那根可恶的镣铐。

如此顽强的勇气和坚定不移的忠诚,如果没有得到人们宽恕的话,也必定会赢得尊重。无论如何,第二天晚上夜深人静的时候,已经没有人在那儿持枪守候它了。这么做会有什么用吗?它已经被枪弹赶走了三次,难道还会再来一次,尝试喂养或是解救它被囚的孩子吗?

它还愿意来吗?它的爱是一位慈母的爱啊。第四个晚上,这次只有我一个人在观察它们。当小狐狸颤抖地发出呜呜的哀鸣时,那个模糊的黑影随之又出现在木柴堆上。

但是,这次没有看到它带来家禽或食物。这位敏捷的女猎手终于失手了吗?它没有想到给唯一需要负责照料的亲人带来一点猎物吗?或者是它已经明白捕获幼狐的人肯定会为它提供食物吗?

不,事实远非如此!这位生活在丛林的野生动物母亲的爱心和仇恨都是真实的。它曾经唯一的念头就是要把小狐狸救出去。它用尽了所能知道的一切办法,勇敢地面对了种种危险,就是为了把它照料好,帮助它获得自由。但是,一切都失败了。

像一个黑影一样,它来了,但过了一会儿,它又消失不见了。小狐狸咬住什么它丢下来的东西,蜷伏在那儿,津津有味地咀嚼着妈妈带来的食物。可是,就在它一边吃着的时候,一种刀割似的剧痛突然穿透了全身,它不禁发出一声痛苦的尖叫,接着在地上挣扎了片刻,小狐狸死了。

维克森有着强烈的母爱,但它还有比母爱更高的意念。

它非常清楚毒药的威力,因为它知道这是毒饵,如果小狐狸活着,它原本也要教它了解毒饵的知识和避开毒饵的本领。然而现在,它最终必须为小狐狸做出抉择,要么是做一个活着的悲惨囚徒,要么是突然死去。它竭力抑制住心中的母爱,为小狐狸打开仅剩的一扇门,让它获得自由。

在雪花飘落大地的时候,我们到树林中去调查动物的行踪。冬天来临时,雪地告诉我,维克森不再在埃林代尔的松林中漫步了。没有谁知道它到哪儿去了,但有一点是清楚的,它走了。

它走了,或许出没在离这儿很远的某个地方,忘掉被杀害的小狐狸宝宝和伴侣,将悲伤的记忆留在身后。或者,它就是走了,也许是故意而为,从一个伤心的生活场景中消失了,像很多消失了的野生动物母亲一样,用它解脱一窝幼崽中的最后一只小狐狸的方式,让自己获得了自由。

永不停蹄的野马

一

乔·卡隆将马鞍扔到满是灰尘的地上,给马解下缰辔,便走进一间牧屋里。

"快到吃饭时间了吗?"他问。

"还有十七分钟。"厨子瞥了一眼沃特伯里钟表答道,尽管他这种精确的说法从来没有经住事实的检验,但他说话的神态却像是个火车发令员。

"佩里科草原怎么样了?"乔的伙伴问。

"比这儿热得多,"乔说,"牛看起来不错,下了好多崽。"

"我看见到羚羊泉水域喝水的那群野马了,里面有一对小马驹,其中一匹黑色的小马驹真是匹相当不错的上等马,天生的飞毛腿。我追着它们跑了一两英里,它在这群马前领跑,步子一直都没有乱。后来,我突然猛追,只是为了好玩取乐。真该死,我应该让它停下来。"

"难道你没随身带些点心吗?"史卡斯问,一脸不相信的神情。

"好吧,史卡斯。在我们上次的打赌中,你爬着走了。你若是个十足的男人,很快就会有翻身的机会了。"

"开饭了!"厨子喊了一声,话题便就此打住了。第二天,随着赶拢地点的改变,野马的事情也被抛置脑后了。

一年后,在新墨西哥草原相同的一隅,当赶拢大会结束时,人们再次看到了这群野马。那匹黑色的马驹如今已长成了一匹一岁的黑色骏马。它的四条腿修长、匀称,两胁光润、平滑,不止一个牛仔亲眼目睹了这个尤物,大家断定这匹马是个天生的飞毛腿。

乔也见到了它,而且现在还产生了一个挥之不去的念头,那就是这匹野马值得自己拥有。对一个东部人来说,这种想法未必会让人感到吃惊;可是在西部,一匹尚未驯服的马只卖到 5 美元,而一匹普普通通的坐骑却值 15 美元甚至 20 美元;因此,将一匹野生的马当成值得追求的财富,一般的牛仔们是不会有这种想法的。因为捉一匹野马是很难的,即使能抓获,也只不过会让它成为一个笼中的囚徒,终究是百无一用,难以驯养的。不少牧场主会选择将所有能见到的野马都开枪打死。因为在放牧的地方,它们不仅是累赘,而且还常常会将驯养的马匹引走,驯马很快就会适应野外生活,便从此一去无影踪。

乔·卡隆对北美西部野马的了解可谓"彻入骨髓"。他曾说:"我从来没见过一匹白马性情不温顺,没见过哪匹栗色马没点儿神经质,没见过一匹枣红马是孬种——只要它被驯养得当,也没见过哪匹黑马不像钉子一样硬,完全是魔鬼撒旦附身。黑色的野马只需要再多长几只爪子，再强壮的狮子也都不是对手了。"

野马被视为一种毫无价值的害兽，一匹黑色野马更是糟糕十倍，简直一文不值。所以，现在乔决意要抓那匹马，也就难怪乔的伙伴说："再没见过这么不可理喻的事情了——乔居然想把那匹小野马关进马厩里！"可是在那一年，乔并没有找到尝试的机会。

乔不过是一个工作时间固定的牛仔，每月赚25美元。像大多数牛仔一样，他一直盼望有朝一日拥有属于自己的大牧场和一班人马。代表他的烙印是一个猪圈的符号，这个预兆不祥的标志已经在圣达菲注册了。而眼前，唯一被他打过烙印的带角牲口就是一头老奶牛。这样一来，只要有可能发现任何一只独立自由的牲口（换言之就是没打过烙印的动物），他就有权将烙印打在它身上。

可是每年秋天，当付清各种欠款账单后，"这时钱袋塞得鼓鼓的"，但乔总是无法抵制诱惑，便和其他牛仔一道进城，度过一段愉快的时光。结果，他的家当仍不过是一副马鞍、一张床和一头老奶牛。他一直希望奋力一搏，能让他稳稳当当地赚一笔，开一个好头。所以，当这个想法产生时，黑色的野马就成了他的福星，他只需要一次机会来"尝试"。

赶拢路线一直绕加拿大河而下，到秋天才返回唐·卡洛斯山区。乔再没有看到飞毛腿，尽管他在许多地区都听人说起过它。因为过去的这匹小马驹，如今已发育成三岁的小公马，精力旺盛，朝气蓬勃，正是人们开始广为说道的时候。

羚羊泉位于一片平坦的大草原中部。当水位高涨时，泉水就会溢出，汇成一个小湖，湖的四周呈带状环绕着一圈莎草。当水位回落时，这儿就形成一片宽阔、平整的黑色泥地，因为含有盐碱，许多地方都闪烁着白色光芒。春天时，在泥地中央有个泉眼，泉水不会流出或者泄掉，水质还相当不错，是方圆许多英里唯一的饮水地。

位于更远一点的北部的这片大草原是这匹黑色野马至爱的进食之处。许多牧人也喜欢来这儿的草场牧马、牧牛。这片牧区归"L 和 F"联合公司所有。公司经理富斯特，也是部分土地的拥有人。他是个有事业心的男人，相信在这个牧区值得养殖一群上好的牛和马。他进行的风险投资之一，就是购买了十匹混血的母马。这些母马个头高挑修长，四肢匀称，眼睛犹如鹿眼。与这些母马相比，那些牧牛牧马看起来又矮又小，可怜巴巴的，好像是饿瘦了的羸马，变成了某种退化了的、全然不同的物种。

除了一匹母马被留在马厩里之外，其他九匹马在它们的小马驹断奶后，就被赶到这个牧区里。

马天生具有良好的直觉，能找到通往最佳觅食之地的路。这九匹母马当然也不例外。它们随意漫游，南行二十英里，来到了羚羊泉水域的这片大草原。到了夏末时，福斯特来到这儿。他过来是想将它们聚拢起来。事实上，他在这儿找到了它们，但同时还发现，和九匹母马在一起的是那匹黑色的野马。它护卫它们的亲昵神态超出了同伴式的友情。它绕着母马们又是奔腾又是跳跃,像个牧马行家似的把它们赶拢。它乌黑发亮的外衣同它的女眷们金黄色的皮毛相映生辉,形成鲜明的对比。

母马们生性温顺,原本可以轻而易举地被赶上回家的路,要不是突然出现了这么个家伙。那匹黑野马变得极度亢奋,它似乎是想用它的野性激励它们。它飞奔着,一会儿在这边,一会儿在那边,驱赶着整群马向着它想去的地方全速疾驰。不久,它们就飞驰远去了,将那些驮着人的牧牛牧马轻松地甩在了后面。

这简直让去找马的人气疯了。最后,两个人都抽出枪来,伺机向那匹"该死的野马"射击,可是一直没有找到下手的机会。因为在"9比1"的情形下,如果开枪,很可能就会误射一匹母马。漫长的一天在追捕行动中过去了,情况一点都没有改变。那个飞毛腿一直将它的家眷们聚拢在一起,后来便消失在南边的沙丘里了。牧人们只好骑着疲惫不堪的小马动身回家了。他们一路上赌咒发誓要为这次失败复仇。

这件事最严重的后果是,这些母马只要有过一两次类似的经历,就一定会变得像野马一样野性十足。看起来,他们似乎已经无法挽救局面了。

在低等的动物中,是英俊的魅力还是勇敢超凡的行为更能吸引雌性的爱慕呢?对于这个问题,科学家们的看法并不一致。无论答案是英俊还是英勇,有一点是可以肯定的：如果一只野生动物天生具备非凡的才能，那么它很快就会赢得大批异性的芳心。这匹高贵的黑马拥有乌黑的鬃毛和尾巴，还有闪烁着绿色光芒的眼睛。它在整个牧区漫游，不断地从许多马群中吸引到追随者。直到后来，它的马群里已经接受了不下二十匹母马了。加入这个行列四处游荡的马匹大多数不过是些出身卑微的牧牛马，如今九匹大母马也在里面，它们自成一体，十分醒目。据目击者描述，这匹黑马总是把这群母马聚拢在一起，以充沛的精力和高度的戒备护卫它们。因此，一旦一匹母马加入其中，对它的主人而言，就是损失了一个牲口。不久，农场主们就意识到，在他们的牧区里出现的这匹野马给他们带来的危害，远远超过了所有其他资源损失的总和。

二

1893年12月，我初来此地，正要乘坐一辆四轮马车从皮那维提托的牧场住所出发到加拿大河去。正当我要离开时，福斯特撂下一句话："如果你有机会瞄准那匹该死的野马，一定要当场将它放倒。"

这是我头一次听人说起它。在这之后，我骑着马一边走，一边从向导伯恩斯那儿了解到了有关这匹黑马的故事。我心里充满了好奇，很想亲眼看看这匹大名鼎鼎的三岁野马。可到了第二天，当我们来到羚羊泉所在的这片草原时，却没有看到飞毛腿或是它的马群的一丝踪影，这让我颇感失望。

可是，等到了第三天，我们横穿了阿拉莫萨河谷，再次上行至那片连绵起伏的大草原时，骑着马走在前头的杰克·波恩斯突然将身体趴在马背上，扭过头来对坐在马车里的我说："快拿出你的枪来，看，那匹野马在那儿呢！"

我一把抓起枪，急忙冲上前去，从草场的山脊上往下看。在山谷低洼处有一群马，在马群的一头站立的正是那匹了不起的黑马。它已经听到我们走过来的某种声音，察觉到可能有危险来临了。它站在那儿，头高高地昂着，尾巴直直地竖立着，鼻孔大张着——这是多么完美、多么漂亮的骏马形象啊！它真的是漫游在大草原上最高贵的动物啊！这时，突然想到要把这样一个雄壮俊美的生灵变成一堆烂尸骨，那真是太可怕了！不管杰克怎么催促我快点开枪，我还是磨磨蹭蹭地故意拖延着。一向脾气火爆的杰克立刻一面诅咒着我的缓慢，一面愤怒地冲我吼道："把枪给我！"但就在他抓住枪时，我把枪口向上一推，枪"意外"地走火了。

很快，下面的马群受到了惊吓，那个伟大的黑色头领喷了一个响鼻，发出一声嘶鸣，便在马群四周左奔右突地疾驰。于是，母马们被集结成群，随之响起一阵轰隆隆的马蹄声，地上飞扬起一片烟尘，整个马群飞奔而逃。

那匹雄马一会儿在这边飞奔，一会儿又在那边急驰，密切关注着所有的雌马。它一会儿在前面领队，一会儿在后面驱赶，带领着它们跑向了远方。据我观察，在它们还没跑出我的视野时，它确实不曾停过一次脚步。

杰克用西部的话语对我和我的枪,还有那匹野马一阵讥讽,但我对那匹雄马的力量和俊美满怀欣喜,我情愿不要马群里的所有雌马,也不愿意伤害它那光滑的皮毛。

三

猎捕野马的方法有几种,方法之一就是擦伤法,即用一颗枪弹擦破这种动物的脖颈,以便趁它因惊吓眩晕而走路蹒跚时,猎人伺机下手。

"算了吧!我见过大概成百匹马因为这种方法被打断了脖子,但我还从来没见过一匹野马因擦伤而被逮住的。"乔说。

有时候,如果一个地区的地形条件有利,野马可能会被就势赶进围栏里;有时候,人们可以利用几匹特别快的好马交替追赶野马,目的是让其累倒,而这几匹好马也可能会追得累倒,这办法听起来似乎自相矛盾,却是到目前为止最常用的一种猎捕野马的方法。

那匹野马的名声一直很大,有关它的传奇故事讲述的都是它的步态、奔跑速度和风度。一天,一家公司的老板蒙哥马利突然来到了克雷顿的威尔旅馆。据在场的人转述,蒙哥马利说倘若这些传闻属实的话,如果有人将这匹野马抓获并完好无损地装进有篷货车里,他愿出一千美元现金。这个承诺刚一宣布,就有许多年轻的牧牛人渴望前来一试,来赢取这笔奖金,等手头签订的工作合同一到期就立即行动。可是,野人乔盯着这笔奖金已有一阵子了,他觉得没时间再等下去了。他把已签的工作合同抛在脑后,就彻夜忙活起来,收集必需的装备。

乔东拼西凑,总算凑齐了这次远征的物品,包括二十匹上好的马、一辆运货马车、一批可供三个人——乔、他的"搭档"查理和一个厨子——使用两周的生活必需品。

随后,他们就从克雷顿动身了,公开宣布此行就是打算累倒那匹神速的野马。第三天,他们到达了羚羊泉。大约正午时分,他们就看到了那匹黑色的飞毛腿,它正率领着马群从上边走下来饮水,对此他们一点也不觉得惊讶。乔躲在它们的视线之外,耐心地等着每匹野马都喝够水。因为乔知道,在奔跑时,口渴的动物的速度总是远远超过灌了一肚子水的。

马群一喝完水,乔就悄悄地纵马上前。在相距还有半英里的地方,飞毛腿受到惊吓,带领它的马群迅速消失在东南方长满肥皂草的平顶山地上。乔一阵急驰,紧随其后,直到再次发现它们的踪影,然后才返回来。他命令厨子(也是运货马车的驾驶员)向南边的阿拉莫萨河谷进发。接着,他往东南方向去追这群野马。跑了一两英里之后,他又看见了它们,于是骑着马悄悄地前进,直到靠近时才惊动了它们。马群又一次受到惊吓,绕着圈子向南边飞奔而去。这次,乔没有跟在它们后面追赶,而是推测它们应该去的地方,抄近路穿过去。骑马跑了一个小时之后,马群果然又近在眼前了。乔再次悄悄地向马群靠近,它们便又受到惊吓,飞驰而去。就这样周而复始地过了一个下午。而马群被追得越来越往南跑了。因此,当太阳西沉时,正如乔所料,它们出现在离阿拉莫萨河谷不远的地方。当马群再次近在咫尺时,乔又一次将它们惊跑。之后,乔就骑马回到了运货马车这儿。而乔的搭档查理之前一直在休息,这时他骑上一匹新马,继续不慌不忙地追赶马群。

晚饭后,按照事先的安排,运货马车向前行至阿拉莫萨上游的浅滩处,在那儿扎营过夜。

就在同时,查理继续紧追马群。现在,野马们跑得已经不像起初那么快了。由于发现追逐它们的人没有一点进攻的迹象,它们已经渐渐习惯了。随着夜幕降临,它们更容易被看到,因为马群里有一匹雪白的母马很显眼。现在借助天空中一弯新月的亮光,查理任凭他的马选择道路,以那匹白色的母马为标识,静静地跟随在马群后面,直到马群消失在茫茫黑夜中。最后,他跳下马,卸掉马鞍,将马拴在桩子上,钻进毯子,很快进入了梦乡。

当天空微微亮时,查理就起来了。多亏那匹雪白的母马,跑了不到半英里,他就找到了这个马群。他刚一靠近马群,飞毛腿就发出一声尖厉的嘶鸣,吹响撤退的号角,它的部队立刻变成一个飞行团。但是,当飞奔到第一块平顶山地上时,它们又停了下来,回头张望,大概想弄清楚这个紧追不舍的人到底想干什么。马群背倚蓝天伫立着,凝望了好一会儿工夫。然后,黑马确信已经看清了追随者,也明白了他的意图。它便猛地一跃而起,黑色的鬃毛迎风飘扬,率领马群飞驰而去。它似乎永远不知疲倦,步子始终均匀轻

137

快,母马们则如溪流般追随其后。

马群离开了,这次它们绕圈向西边跑去。紧接着,相同的一幕反复上演了几次:飞跑——追赶——撵上——再飞跑。将近中午时分,它们路经了印第安部落老阿帕奇人曾使用过的瞭望台——野牛崖。乔正在那儿守着。乔燃起一缕细长的浓烟,告诉查理可以回营地了,查理用一面小镜子反射太阳光进行回应。

不久,乔跨上一匹新马,骑马跑过来,继续这场追逐。查理则返回营地吃东西、休息,然后沿着溪流上行。

那一整天,乔都在追着马群,只有在必要的时候,才设法让马群绕大圈子跑,这样运货的四轮马车便可以走捷径赶过来。日落时,他来到佛德角十字路口,查理牵来了一匹新马,并为乔准备了食物。乔照旧从容不迫地继续追下去。他跟踪了整整一个晚上。马群现在已经逐渐习惯了这两个似乎并无恶意的陌生人在场了,也就更容易追上了;而且,长途跋涉让马群精疲力竭。它们既不能再在水草丰美的地区进食,又不像那些追踪它们的马匹有可供食用的谷物饲料,尤其是那种持续不断的紧张情绪,虽然不是很强烈,但效果确实很明显。野马们的食欲被败坏了,但又非常渴。对乔来说,每当有机会喝水,他就会尽可能地容许,甚至鼓励它们痛痛快快地喝一顿。众所周知,对于一只不停奔跑的动物而言,喝大量的水会产生什么后果,那就是使它们四肢僵硬,呼吸困难。乔留心看管着自己的马,不让它过量饮水。因此,到那个晚上时,马群已经疲惫不堪,乔和他的马却依然精神抖擞。

黎明时分,乔很轻松地就发现了离自己很近的野马群。尽管最初它们跑动了起来,但没跑多远,就不知不觉地慢下步子走起来。现在,这场战斗看起来似乎就要告捷了,因为使用这种让野马累垮的方法,最主要的困难就在于头两三天,当马群精力充沛时,要一直跟住它们。

那天早晨,乔一直尾随着马群,马群始终近在视线之内。大约十点钟,在约瑟山附近,查理和他换了班。那天野马们只领先他们四分之一英里,而且精神状态比前一天差多了,现在马群再次绕向偏北的地方。到了晚上,查理换了一匹新马,还像先前一样尾随其后。

第三天,马们个个耷拉着脑袋走着,不管那匹黑色的飞毛腿怎么督促,它们仅仅领先追逐者一百码的距离。

第四、第五天以同样的方式度过了,现在马群差不多已经返回到羚羊泉水域了。到目前为止,一切都如期望的那样发生了。这场追逐绕了一个大圈子,跟随的运货马车则绕了一个较小的圈子。当野马群回到出发点时,已是精疲力竭。猎人们也回来了,他们仍然精力旺盛地骑在精神饱满的马上。野马群一直被紧追着,也不能去喝水,直到傍晚时分,才被追赶到羚羊泉水域一条水质甜美的清水溪里,狼吞虎咽地喝起水来,一匹匹把肚子喝得鼓鼓的。对于技术娴熟的套马人来说,现在正是动手的好时机。他们骑在饱食谷物的马上,围拢野马。对野马们来说,突然大量地喝水简直就是自我毁灭,它们几乎濒于瘫痪状态,四肢麻木,呼吸困难，这样的动物很容易被套住，然后就可将它们的腿都捆起来。

在这场行动中，唯一的缺憾就是黑色雄马，而它正是这次捕猎的起因和目标。这匹黑马看起来仿佛是钢筋铁骨铸就的，轻快飞驰的步伐永不停息，到现在似乎仍然身手敏捷、精力充沛，就像这场追逐开始时的状态一样。它上下奔跑，聚拢着这个马群，并用叫声和示范催促它们快逃。然而，它们已经筋疲力尽了。那匹老白马——在晚上曾给追捕者帮了大忙的家伙，在数小时之间就已经出局了，它累垮了。这些混血母马看起来对骑马者已经毫无惧意了，很显然，这个马群已经在乔的掌控之中了。但只有一匹马——这次猎捕的全部奖金所在，似乎一如既往，遥不能及。

这时，发生了一件让人疑惑不解的事情。乔的同伴们非常了解他，如果此时乔突然发怒，要开枪将那匹黑色雄马射倒在地，他们根本不会感到惊讶。可是乔却没有这种想法。在长达一周的追踪中，他观察到这匹马成天飞奔，却从来没四足腾空过。

这个牧马人对这匹高贵的骏马的爱慕之情与日俱增。现在，乔宁愿毙掉自己最好的坐骑，也不愿向那匹美丽的野马开火。

乔甚至扪心自问，他是否愿意用这野马来换取那笔诱人的奖金。这样的一匹马，本身就是一笔财富；如果把它当成种马，可以繁殖一批用来参加比赛的飞毛腿。

这次捕猎的截止时间快到了。乔最优良的坐骑被牵了过来。它是一匹东部血统的母马,但是在这片西部大草原上长大。若不是它有个怪毛病,根本就不可能会成为乔的马。疯草是生长在这些地区的一种有毒的野草。大多数牲口都不会去碰它,若是哪只动物试着尝了几口,以后便会吃上瘾。疯草的作用有点像吗啡,即使这只动物可以长期保持神智正常,却总是对这种草有一种强烈的欲求,并且最终会发疯而死。据说,凡是带有狂热症的动物,都被认为是中了疯草毒。乔这匹最好的坐骑的眼睛里闪烁着一种疯狂的光芒,对于一个行家来说,一看就会明白原因。

但是,这匹母马敏捷、矫健,乔选择了它,以便完成这场追逐辉煌的最后一程。现在,套住那些母马变成了一件轻而易举的事情,但已经没有这个必要了。等它们和那黑色的首领分开后,就会被赶回家,关进马圈里了。而那位首领的神态中仍然充满着桀骜不驯的力量。乔为遇到了一个可敬的对手而欣喜,他驱马上前,努力获胜。他将套索猛地抛在地上,然后用左手抓住,很整齐地在手上绕了几个圈子。接下来,他第一次在那场追逐中踢了马刺,让它笔直地奔向四分之一英里之外的野马。野马开始起跑了,乔也跟着起跑,双方都全力以赴。精疲力竭的母马们向左右两侧散开,让它们通过。这匹初次上阵的母马,进行了它最为卖力的一次疾驰。黑马仍然领先,始终保持着它的起跑优势,保持着它那闻名遐迩的步幅。两匹马一前一后越过空旷辽阔的平原。

这简直是令人难以置信。乔踢了很多下马刺，吆喝着他的马，母马几乎要飞起来了，可是与野马之间的距离连一英寸都没有缩短。由于黑马像旋风一样横穿过平地，一会儿上坡，越过一片肥皂草丛生的平顶山地，一会儿又下山，跑进一片险恶的沙质平原，然后经过一段长满草的路，那儿的几只草原土拨鼠叫唤了一阵，随后又藏到了草下。乔紧追了过来一看，他简直不敢相信自己的眼睛，这匹野马领先的距离比先前更远了。乔气得忍不住开始诅咒他的背运，不停地踢着马刺，催促他的马快些再快些，直到这匹靠不住的可怜母马进入一种惊恐万分的紧张状态——它开始翻白眼，脑袋从这边到那边疯狂地摇晃着，它慌不择路，一脚踏进了一个獾洞里。它一下栽倒了，乔也从马背上飞落到地上。尽管乔摔得很重，但他一站起来，就努力试着再跨上那匹发疯的母马。但是，这匹可怜的牲口已经站不起来了，因为它的前腿摔断了，松软地悬垂着。

现在只剩下一件事可做了。乔解开马肚带，帮它永远地摆脱痛苦，然后将马鞍带回营地。这时，飞毛腿已经飞驰而去，消失在天际。

这次冒险还不算一败涂地，毕竟所有的母马现在都已经在掌控之中了。乔和查理小心翼翼地将它们赶进那家"L和F"联合公司的马厩里，并且获得了一笔丰厚的酬金。尽管如此，乔还是想得到那匹黑马，而且，现在这个愿望比以前更强烈了。他已经见识了这匹马具备什么样的内在素质，并且越来越珍视它，眼下只待寻找时机，设计一个更好

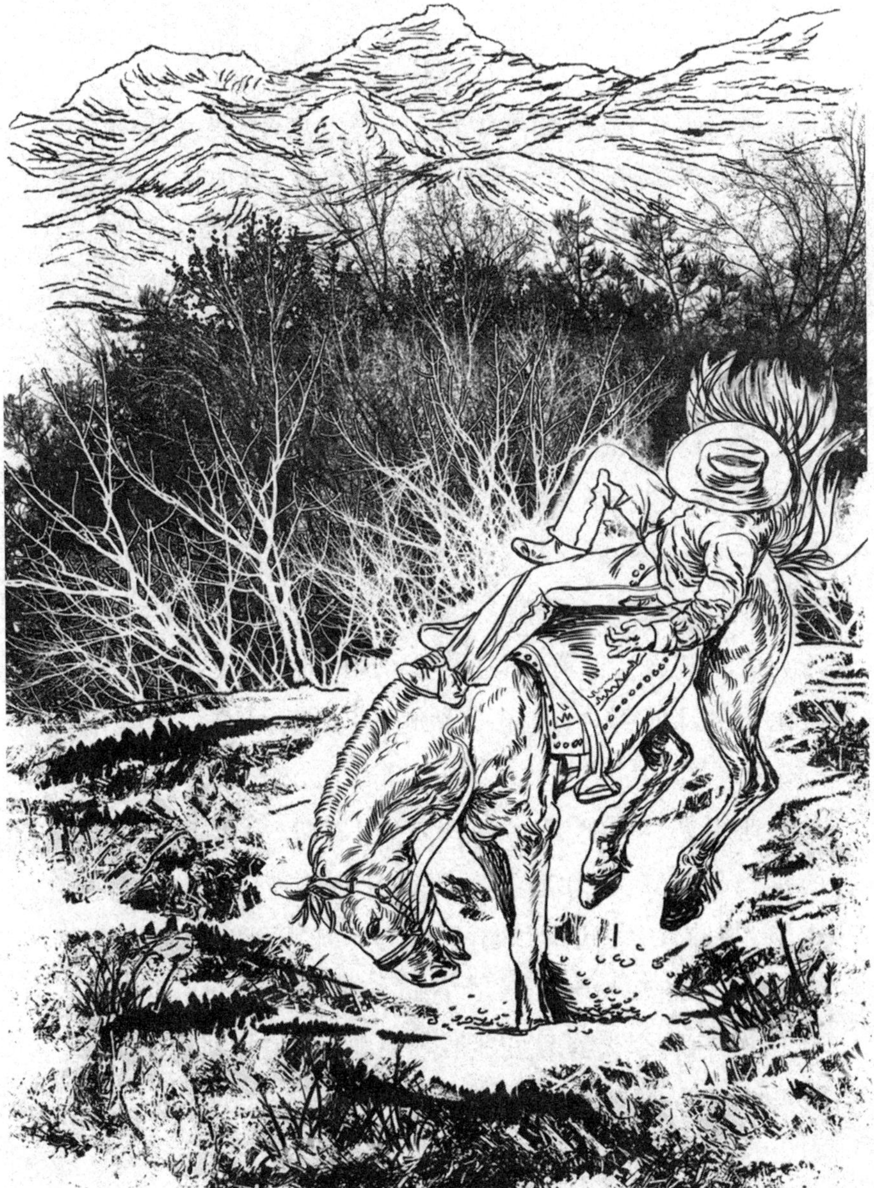

的方案来抓获它。

四

那次远征,随行的厨子是托马斯·贝茨先生,"贝茨"是他定期去邮局查收信件和汇款时的自称,可他从来就没收到过信件和汇款。"老汤姆火鸡爪",牛仔们这样称呼他,这个外号取自他的牲口身上的烙印。他说是在丹佛注册的,按照他的说法,在无名的北部草原上,还有不计其数的牛和驯马身上都打着这个烙印呢。

当乔拉他入伙参与这次出行时,贝茨曾对这些马讽刺了一通。他说,那一打马也拿不回十二美元——当年确实如此,他宁愿靠着少得可怜的薪水过活也不愿意去猎捕野马。可是,有谁会在亲眼目睹过飞毛腿的纵横驰骋之后,能不为之疯狂呢?贝茨的心里也经历了同样的变化。他现在也想得到那匹野马,却还不清楚怎么达到目的。直到有一天,这个牧场雇了一个人,按他自己的说法是,"获得了他的专业服务"。这个人名叫比尔·史密斯,但他更为人熟知的称呼是"马蹄铁比利",马蹄铁是他的牲口身上的烙印。这位"马蹄铁"一边享用着上好的牛肉、面包,喝着劣等咖啡,吃着干桃子、糖浆,一边透过往嘴里塞面包的空当,含糊地说:"哦,今天我看见那匹飞毛腿了。它离我特别近,近得可以将它的尾巴编成辫子了。"

"什么?难道你没开枪吗?"

"没,可是我差点儿就动手了。"

"你可别犯傻啊,"坐在对面桌边上的一个牛仔说,"我还盘算着,在月亮变脸之前,给那个特立独行的家伙打上我的烙印呢。"他的烙印标志是"H"。

"那你下手可要相当迅速哟,要不然,等你到那儿的时候,你准会在它身体一侧的皮毛上发现'三角加点'的烙印!"

"你是在哪儿碰到它的?"

"哦,是这么回事儿:当时,我正骑马走在羚羊泉水域附近的平原上,看到泉边那圈灯芯草里面,在风干的泥地上有一团鼓起的东西。我知道以前从来没有在这儿瞧见过这东西,于是便骑马走上前。我原以为可能是某个自己的牲口呢。走近一看才发现,原来是一匹马平卧在那儿。当时风呼呼地刮着,好像是从它那边向我吹过来。因此,我骑马继续靠近,看到它正是那匹飞毛腿,像一条死了的金枪鱼似的一动不动。可是,它看起来身上既没有肿胀,又没有伤口,也没有什么异味。一时间,我还真不知道是怎么回事呢,直到看见它的耳朵扇动了一下,赶走了一只苍蝇。这下,我才恍然大悟了,它是在睡觉呢。我掏出套马绳,在手上盘了几圈,可是发现绳子太旧了,有好几处已经快磨断了。我的坐骑只绑了一根肚带,而且,我骑的小马体重大约700磅,可要对抗的公野马体重却有1200磅。我心里暗自嘀咕:'这样做是没有用的,只会绷断我的马肚带,摔我个嘴啃泥,还要失掉我的马鞍。'于是,我只好用绳索啪地拍了一下鞍头,我真想让你们亲眼看到那匹野马。它猛地向

145

空中蹿起六英尺那么高,然后四蹄稳稳着地,喷着响鼻,声音就像正在转轨的火车似的。它的两只眼睛瞪得像要鼓出来,闪电似的朝加利福尼亚方向疾驰而去。如果它一直保持起跑时的速度,大概现在它已经在加利福尼亚了——我敢打赌在那次行程中,它肯定一次也没有停过步。"

比尔讲述这个故事时,可不像写在这儿的这么连贯。跟当前的记载相比,他在讲述期间不时地有中断,自始至终或多或少地穿插了吃喝拉撒等生命的基本需求。因为比尔是一个健康的小伙子,他一点儿也没有矫揉造作的坏名声。但他的叙述还算完整,比尔又是公认的诚实可靠的人,所以在座的每个听众都深信不疑。在所有听故事的人中,老火鸡爪可能是说话最少,却是想得最多的人。因为这个故事启发了他,让他萌生了一个新想法。

老火鸡爪在晚餐后吸着烟斗时,琢磨了一下,拿定主意不能独自一个人去做这件事。他把比利叫到了自己的参议会,结果是,两人决定进行一次新的冒险,合伙捕获飞毛腿。据说,把野马平安地放进货车车厢里的奖金已经涨到5000美元了。

羚羊泉水域仍然是飞毛腿平常饮水的地方。现在正是泉水水位低落时,在泉水和四周环绕的莎草之间,空出了一条宽阔的带状黑色干泥地。在两个地方,这根带子被两条清晰的小路截断了,那是被一些前来喝水的动物踩出来的。马匹和野生动物通常都沿着这两条足迹重重的小路走来喝水,尽管长着犄角的牛会毫不犹豫地取捷径穿过芦苇。

在两条小路上足迹最密集的地方，两个人挥动铁锹开始工作了。他们挖出了一条 15 英尺长、6 英尺宽、7 英尺深的陷阱。他们必须乘着这匹野马两次饮水的间隙完工。因此，对他们而言，二十多个小时的施工太艰苦了，还没挖完，坑里已经变得非常泥泞了。挖好之后，他们用木杆、树枝和泥土很巧妙地盖在陷阱上，将其隐蔽好。这时，他们两人才走开，到了不远处特意挖好的坑里藏起来。

将近中午的时候，飞毛腿来了。自从它的马群被猎捕之后，它就形单影只了。为了万无一失，让野马如愿地踏上这条小路。在黑色干泥带对面的另一条小路上，这条小路几乎没有动物行走，老汤姆在上面扔了一些新鲜的灯芯草，以防野马真的一时心血来潮，想尝试走这条足迹稀少的小路。

到底是什么样的天使在整日无眠地看护、照顾这些野生动物呢？尽管有一万个理由可以选择那条经常走的路，飞毛腿还是沿着另一条小路走了过来。那些形迹可疑的灯芯草并没有阻止它，它从容地走到水泉边，低头喝水。现在只有一个办法可以避免彻底失败了。当它像所有的马儿一样，把头放得更低些，喝第二次水时，贝茨和史密斯趁机离开他们藏身的洞，迅速地跑到它身后的小路上。当它抬起高傲的头颅时，史密斯冲它身后的地面发射出一梭子弹。

飞毛腿迈开它那远近闻名的步子，径直向着陷阱飞奔而去。只要再有一秒钟，它就要跑进陷阱里了。它已经跑在那条小路上了，他们已经觉得就要拥有它了。但是野生动物的守护天使就在它身边,这时它听到了人类难以理解的警告。于是,它全力纵身一跃,跨过了15英尺宽的充满凶险的地面,踏着泥土,毫发无损地跑得无影无踪。从此,它来羚羊泉喝水,再也没有走过那两条被踩出来的小路。

五

乔从来就不缺少干劲儿,他一心想的就是要捕获那匹野马。因此,当他得知别人也正在为相同的目标积极行动时,就准备立刻下手,采取一种他所知道的、但尚未试过的最棒的办法——草原狼捕捉比它更敏捷的野兔,骑在马上的印第安人捕捉比马更快速的羚羊——使用的都是这个办法,那就是古老的接力追捕法。

加拿大河在南部,其支流经过东北部的坪那瓦提托峡谷,还有唐·卡洛斯山区和西部的犹他河谷,三者形成了一个三角地带,这个区域就是飞毛腿活动的地区。它被确认从未走出过这个范围,并且始终都将羚羊泉当成它的大本营。乔对这个地区了如指掌,他知道所有的泉眼和峡谷岔口,还有飞毛腿所行经的路线。

如果能有五十匹良马,乔可能就会让它们一一分布在有利的地点,以便有效地控制全局。可实际上他最终只找到了二十匹坐骑和五位骑手。

在出发之前,二十匹马事先都被送去喂养了两周谷物。现在马匹被赶着走在前头,每个骑手也都知道如何扮演好自己的角色,在竞逐开始的前一天被派往指定的地点。开赛的当天,乔驾着四轮马车赶到羚羊泉平原,在离这有一段距离的远处河谷里露营,等待时机。

终于,它来了,那匹黑色的野马从南边的沙丘中走出来,现在它总是独来独往了。它安详地来到泉水边,绕着泉水兜着圈子,嗅了好一阵子,寻找可能潜伏的任何敌人。然后,它才靠近一个四周没有小路的地方,低头喝水。

乔静静注视着,心里希望它能喝一大桶水。但只过了一会儿,它就转过身来找草吃。就在这时,乔踢了一下马刺,驱赶着坐骑跑过来。飞毛腿听到马蹄声,接着就看到冲过来的马。它不等它们走近了就飞奔起来。它穿过平地,一直向南方跑去,始终保持着它那闻名遐迩的飞快而有节奏的步态,这使它从一起跑就遥遥领先。现在它正在穿过一片沙丘,迈着均匀、平稳的步伐奔跑着,这让它已经远远胜出了。而乔的马因负载过重而不断陷入沙地,每跑一步,马蹄都深陷下去,每一步都输给了飞毛腿。接下来,他们又跑过一段绵延的平地,看起来追逐者就要赶上来了。但在随后经过一段长长的下坡时,因为乔的马不敢放开了全速追跑,于是又一步步地落在了飞毛腿的后面。

可他们就这样一直不停地追跑着,乔又是踢又是挥,毫不吝惜地使用他的马刺和皮鞭。一英里——一英里——又一英里,阿里巴山的岩石隐约出现在了前方。

乔知道有人骑着一匹新马在那儿等候他,现在他们正朝那个方向飞奔。但是,野马那如黑夜般漆黑的鬃毛在迎着微风飘展着,已经把追赶者远远地甩在了身后。

阿里巴峡谷终于到了。因为不希望改变这场竞跑的路线,守望者只能闪到一旁。野马冲过来了——它一会儿向下俯冲,一会儿穿越平地,一会儿攀上斜坡,始终保持它那永不停顿的步伐,这是它所知道的唯一跑法。

乔骑着那匹口吐白沫的骏马跑过来了,他纵身向上一跃,跳到另一匹正等在那儿的坐骑上,然后催促马儿冲下斜坡,又奔上高地,在黑马身后直追不放。上了高地之后,乔再次使用马刺催赶他的坐骑,跑啊,跑啊,跑啊,却没有与对手缩短哪怕只是一英寸的距离。

咔嗒、咔嗒、咔嗒,伴随着很有节奏又有力的踏地声,黑马不停地向前奔跑着。阿拉莫萨峡谷就在前头。在那儿等候着新的接替人、马。乔高声吆喝着他的马,坚持不懈地往前猛冲。黑马原本是径直冲着那个地方飞奔着,可是就在最后两英里的时候,某种奇妙的预感让它掉头向左边跑去。乔预见到黑马会因此逃脱,于是他拉紧自己疲惫不堪的坐骑,不顾一切地要阻拦它。从现在开始,才是整个比赛中最受煎熬的时刻。马儿每往前艰难地跳跃一下,都会累得气喘吁吁,皮毛发出咯吱咯吱的声音。这时,乔穿捷径从右侧包抄过去,看起来似乎要追上了。他又一枪接一枪地连续开火,扬起了地上的尘土。这样一来,终于迫使野马转头回到岔路口右侧的通道上。

他们继续追跑下去。野马穿过岔路口,跑过去了。而乔则被弹了出去,摔到地上。这是他的马栽倒造成的,发生在距离最后一段路程结束还有三十英里的地方。乔本人也已经筋疲力尽了。他的眼睛被飞扬起来的碱性尘土灼伤了。他的眼睛近乎失明了。于是,他做了个手势,让他的搭档"接着往前跑,务必一直追到阿拉莫萨浅滩"。

骑手跨上一匹强健的新骏马,他们如子弹出膛般地离开了——忽上忽下地在连绵起伏的平原上攒动——那匹黑马身上被它嘴里喷出的雪白泡沫溅得斑斑点点。它那使劲起伏的肋骨和粗重的喘气声,说明它累极了——可是它依然不停地向前跑啊,跑啊。

骑着一匹名叫金姐的马的汤姆看起来似乎就要追上野马了,可是接下来的一小时里,就在经过绵长的阿拉莫萨斜坡之际,却又越落越远。在那儿,又有一个骑手和一匹精神饱满的坐骑继续了这场追逐,他转而向西边追去了。他们跑过草原土拨鼠生活的地盘,穿过肥皂草丛生的广阔地区,被十数丛仙人掌的刺扎得遍体鳞伤,痛苦不堪,但仍然继续往前追。混合着汗水和灰尘的黑马如今变成了一匹斑驳的棕马,可是它依然迈着同样的步伐,健步如飞。那个追赶者扬·卡林顿,在起跑猛冲的一刹那已经伤到了他骑的骏马。他现在踢着马刺,为了抄近路催逼它飞跃一个峡谷——飞毛腿避开了那儿。结果,一步踩空,人和马一起掉下去了。

牛仔侥幸逃脱了,他骑的那匹小马却永远地躺在了那儿。那匹黑色野马则继续飞奔。

这个地方紧挨着高尔利哥的牧场,乔在那儿换过了新马后,走捷径过来,重整旗鼓,继续推动这场追逐。不到三十分钟,他再次紧紧追着飞毛腿飞奔。

在西边,远远的卡洛斯山区已经映入眼帘了。乔知道有新的骑手和坐骑在那儿等候着。这位不屈不挠的骑手正竭力将追跑的方向往那条路上转。但是出于一时的心血来潮——也许是得到了与生俱来的本能的预感——野马突然掉头了,它倏地急速向北边跑去。

乔这位技艺娴熟、经验丰富的牧马人,一边吆喝着,骑着马追奔着,一边朝野马脚边的地上连连开枪射击,子弹落在土里翻滚起阵阵烟尘。但是,野马像黑色流星一样冲向一个急流溪谷,踏水而过。乔只能尾随其后,冲了下去;接着,又迎来了整场角逐中最艰苦的时刻。乔这么做,倘若说对这匹野马很残酷的话,那么对他的坐骑和他本人来说则更残酷。太阳热辣辣地炙烤着,灼热的平原被晒得蔫蔫的,闪烁着微光。他的眼睛和嘴唇被沙子和盐粒灼烧着,而追赶还在继续飞速地进行着。获胜的唯一希望就是,他能够将野马赶回大峡谷岔口。这时,他几乎是头一次发现黑马有了体力衰弱的迹象,它的鬃毛和马尾不再像先前那样高高飞扬了。它的领先优势从开始的短短半英里,到现在已经又缩减了一大半,可它仍然处在领先的位置上,不停地跑啊,跑啊,跑啊……

过了一个小时,接着又是一个小时,他们还是像这样追跑着。不过,他们又转回来了。夜幕降临时,他们抵达了大峡谷浅滩——足足跑了二十英里。可乔的兴致还很高呢,他抓过等在那儿的一匹新马,一跃而上,接着追了上去。他留下的那匹马气喘吁吁地直到溪边,狼吞虎咽地喝着水,然后,倒在地上,死掉了。

乔勒住马后退,希望这匹黑马也会痛饮一番。野马虽然累得喷着白沫,可是仍是明智的。野马只吞了一口水,就踏溅着河流疾驰而去。于是,乔便赶紧打马飞快地紧随其后。那天,人们最后看到他们时,只见黑马就在前头,乔的马紧追不放,似乎触手可及,可就是追不上它。

乔步行回到露营地时,已是清晨。他的故事可以说得非常简捷明了——八匹马都死了——五个人精疲力竭——无与伦比的飞毛腿依然毫发无损,自由自在。

"绝对不可能,这件事儿根本办不成。可惜当我有机会时,却没能伺机射穿它那恶魔般的身体。"乔说。他从此彻底放弃了捕获野马的念想。

六

老火鸡爪汤姆是这次旅行的厨子。他和其他人一样兴致盎然地观看了这场追逐。竞逐失败后,他对着面前的一个铁锅,咧开嘴巴笑着说道:"除非我是一个该死的笨蛋,要不然那匹野马就是我的了。"接着,他就求助于《圣经》寻找先例,这是他的老习惯了。然后,他还是冲着那口铁锅发表议论:"想想腓力斯人怎么能捉住大力士参孙呢,可他们就是做到了,只不过拖延了点儿时间,难道不就是利用了他身体上某个天生的缺陷吗?而亚当若不是因为有一点儿人所共知的小弱点,这会儿他还在伊甸园里闲逛呢①。要不是那5000美元,老子才不会把它当回事儿呢!"

多次的迫害让飞毛腿的性情变得比以前更狂野了。但是这并没有使它离开羚羊泉水域。因为那儿是唯一安全的饮水处,方圆一英里全然没有一点儿屏障,敌人难以隐藏。野马差不多每天中午都到这儿来,它总是在对这片地域进行彻底的侦察之后,才会走近了饮水。

从它的妻子们被抓走之后,整个冬季它都形单影只,独来独往。这一点老火鸡爪完全清楚。这位老厨子的密友有一匹漂亮的棕色小母马,老火鸡爪断定可以利用它来达到自己的目的。他带上一副最牢固的马绊子、一把铁锹、一根备用的套索,还有一根结实的木桩,然后骑上那匹母马,向着著名的羚羊泉水域进发。

这天早上,空气清新,几只羚羊在他面前的平原上掠过。牛和马三五成群地卧在草地上,到处都回荡着草原云雀那清脆、甜美的歌声。平顶山地上晴朗无雪的冬天就要过去了,明媚的春天已经近在眼前。草儿一天天绿了起来,大自然中的一切仿佛都沉浸在爱的情思中。

空气里弥漫着爱的气息。这匹被拴在木桩上的棕色小母马一边吃草,一边不时地向空中抬起鼻子,发出一阵阵

---

①这里提到《圣经》里的两个故事:一、大力士参孙受不了情人达利拉的再三纠缠,终于说出了自己力大的秘密在于他的头发。如果没有了头发,他就会软弱无力。等参孙睡着后,达利拉让人剃掉了他的头发,于是他便成了腓力斯人的阶下囚,被挖去了双眼。二、亚当的妻子夏娃受蛇的哄诱,偷食了知善恶树所结的果,也让亚当食用,二人遂被耶和华逐出伊甸园,成为人类的祖先。

悠长、尖厉的嘶鸣声。假如马儿会唱歌的话,这无疑是它的歌声,一首爱的情歌。

老火鸡爪仔细研究了一番风向和地形。在这儿,上次他曾经费力挖过的那个深坑还在,现在敞开着,里面积满了污水。水里有一些淹死的草原土拨鼠和老鼠,它们的尸体散发出恶臭。水坑的旁边有一条小路,是来这儿饮水的动物不得已又新踩出来的。老火鸡爪选好一个长满茂密莎草的土堆,近旁是一块平整的、杂草丛生的草地。他先将木桩牢牢地嵌进土里,然后在旁边挖了一个足以容身的洞穴,将他的毯子铺在洞里。接着,他又拉紧了拴小母马的缰绳,让它几乎一步也走不了。然后,他又散开套马索,将它铺在木桩与洞穴之间的地上,将长的一端系在木桩上,再把绳子用土和草掩埋起来。最后,他躲进了藏身的洞穴里。

经过漫长的等待之后,大约中午时分,小母马含情脉脉的嘶鸣终于得到了响应,回声来自西边遥远的高地上。在蔚蓝的天空映衬下的黑色剪影,正是那匹大名鼎鼎的野马。

野马从上面跑下来,摆动着那种富有节奏的大步伐。但因为多次被追捕,它变得更加机警了。它不时在路上驻足凝视,长长地叫了一声,得到的回应显然令它怦然心动。它跑得越来越近了,再一次发出嘶鸣。接着,它就得到了警告,在附近兜了一大圈儿,试探敌人的动向,看起来似乎疑虑重重。守护天使小声地劝它说:"别过去啊。"可是,那匹棕色小母马又一次发出深情的呼唤。它绕着圈子跑得越来越近了,它又发出一声嘶鸣,小母马的应答似乎驱除了它所有的恐惧,它情不自禁地兴奋起来。它欢腾跳跃着向前又靠近了些,直到用自己的鼻子碰触到了小母马的鼻子才停下来。正如它所期望的那样,小母马亲热地回应了它的爱抚。于是,它将身边所有的危险都忘得一干二净了,任凭自己沉浸在征服者的快乐中。当它昂首阔步地绕着它欢蹦乱跳时,它的后蹄在着地的瞬间,一下踩进了那个罪恶的绳套里。老火鸡爪麻利地把绳子猛地一拉,绳套的活结突然收紧,野马被套住了。

野马惊恐地喷着响鼻,向着空中跳跃。趁这个机会,汤姆又给它拴了一根套马索。汤姆猛地一拉,套马索像蛇一样紧紧地缠在了野马身上。

有一会儿,恐惧使得野马的速度和力气陡然倍增,但当它冲到绳子的尽头时,却被拽倒在地上了。野马终于变成了一个俘虏,一个绝望的囚徒。老汤姆那丑陋、佝偻的身躯从坑里跳了出来,准备完全主宰这只伟大的动物。与一个小老头儿的智慧相较量,野马的力大无比已经被证实并不算什么了。野马喷着响鼻,使出惊人的力气拼命跳跃,四处冲撞,想通过挣扎获得自由,但一切都是白费力气。这根绳子太结实了。

又一根套索灵敏地飞了过来,它的前脚也被套住了。随之,绳子被娴熟地拉过来,它的两只脚被捆绑在一起。片刻间,狂怒的飞毛腿倒了下去,四脚被绑着动弹不得,绝望地躺在地上。它在地上徒劳地挣扎着,直到精疲力竭。它大声地哭泣着,强烈地抽搐着肌肉,大颗的泪珠顺着脸颊滑落下来。

汤姆站在一旁观看着,一种奇怪的冲动突然淹没了这个老牛仔,他从头到脚都激动地颤抖着。自从平生第一次抓到一头小公牛以来,他好像就再没有体验过这种感觉了。过了好一会儿,他愣在那儿什么也没做,只是盯着眼前这个巨大的猎物。但这种感觉不久就消失了。老火鸡爪给达利拉①套上马鞍,又解下第二根套索,套在那匹野马的脖子上。然后,他去给野马带上脚镣。这件事很快就做完了。现在,他确信万无一失了,老贝茨可以将那些绳子松开了。但就在这时,脑海中突然闪过的一个念头让他停了下来。回家前,还有一件至关重要的事情要做,他竟然忘得一干二净了,事先什么准备也没做。按照西部的法律,第一个在野马身上打下烙印的人,就能成为它的主人。可是离这儿最近的烙铁印的地方也有二十英里远,怎么才能做成这件事呢?

老汤姆走到他的小母马身边,挨个抬起它的蹄子看,将它的四只脚都检查了一番。太好了! 有一个马蹄铁有些松动了。他用铁锹又是推,又是撬,终于把它弄了下来。草原上有的是牛粪和类似的燃料,因此他迅速燃起了一堆火,很快将马蹄铁的一臂烧得又红又烫,然后他用袜子裹住这块马蹄铁没有烧过的部分,粗暴地在无助的野马的左肩上打下了一个"火鸡爪"的烙印,他的烙印可是头一次真正派

---

①达利拉:《圣经》里迷惑大力士参孙的女人,这里指母马。

上用场，以前就从来没被使用过。当烫红的烙铁烧灼着飞毛腿的皮肉时，它发出一阵战栗。但一切都在瞬间完成了。这匹威名赫赫的野公马从此不再是一只自由的动物了。

现在只剩一件事儿要做了，那就是把野马带回家。绳子松开了，野马感觉自己被释放了，本以为获得自由了。于是，它双脚一跃而起，可刚刚试着迈出一大步，结果就又摔倒了。它的两只后蹄仍被紧紧地绑在一起，它唯一可行的步态，只能是慢吞吞地拖着脚走，要不然就是费劲地蹦跳着走。它每每试图挣脱脚镣时，结果总是不可避免地摔倒。

汤姆骑在轻快的小马上，一次又一次地想拦住野马。他用尽种种伎俩，不断驱赶、吓唬、诱惑它，力图迫使这个口吐白沫、发狂的猎物朝着北边坪那瓦提托峡谷方向行进。可是这匹野马既不愿被驱赶，也不肯屈服。它恐惧抑或是狂怒地喷着响鼻，极其疯狂地又蹦又跳，一而再，再而三地试图挣脱逃跑。这是一场多么漫长而又残酷的战斗啊！野马光滑的两胁上沾着一层厚厚的黑色泡沫，泡沫里夹杂着斑斑血迹。曾经就算被人追逐了长长的一天，野马也不会表现出倦怠，可如今经过无数次沉重的摔倒，它的力气快用尽了。尽管现在动作已经不那么强劲有力了，它仍然竭力地左冲右突。当它上气不接下气地喷着鼻息时，溅射出的白沫里有一半是血迹。而那个捕获它的猎人却还是那么残忍、专横、冷酷无情，依然逼迫它往前走。他们朝着峡谷方向，一步步地从来时的斜坡上挪了下来，每往前走一码都是一场战斗。现在他们来到峡谷最前面，老汤姆拉着野马，沿着一条小路缓缓而下。这是通往峡谷的唯一岔道，也是昔日飞毛腿活动领地的最北端。

　　从这儿望去，他们可以看见离峡谷最近的一个畜栏和牧场房屋。这个男人满心欢喜，而野马则聚集余下的全部气力，准备进行最后一搏。它又拼命地冲了一次。上啊，上啊，野马沿着来路一步步登上了长满草的斜坡，根本不理会频频抽打它的皮鞭，还有向空中发射的枪弹，一切都无法制止它疯狂的行程。上啊，上啊，野马继续向上攀登着，它爬上了最陡峭的山崖，然后纵身一跳，跃入空中。落呀，落呀，一直跌落了二百英尺，落在了崖底的岩石上，摔得粉身碎骨，它失去了生命——但它又自由了。

乌利：一只小黄狗的故事

乌利是一只黄色的小狗。一只黄色的狗，理解起来，并不简单意味着就是一只长着黄色毛的狗。乌利绝不仅仅是那种浑身每根毛细血管里都充溢着黄色素的犬科动物，它还是所有杂种狗中血统最混杂的狗。它跟所有品种的狗都有一点关系，又与所有品种的狗没有血缘关系。尽管它不属于任何品种，却比任何一个贵族亲戚的血统更古老、更优良，因为大自然力图在它身上复现其祖先亚洲胡狼的风采，那可就具有了所有犬科动物的原始血统。

实际上，亚洲胡狼的英文学名是"Canisaureus"，意思只不过是"黄色的狗"。这种动物的不少秉性都可以从被驯养的后代身上见到。因为这种出身卑微的杂种狗，机敏又积极活跃，皮实又吃苦耐劳，对于应付真正的生存挑战，它们的能力比那些"纯种"的同类出色得多。

如果我们把一只黄毛杂种狗、一只长腿猎犬和一只牛头犬，同时遗弃在一个荒无人烟的岛上，那么，六个月后，哪只狗能生存下来，还活得不错呢？毫无疑问，一定是那只被人瞧不起的黄毛杂种狗。它虽然没有长腿猎犬的奔跑速度，可也不会有染上肺病和皮肤病的隐患。它虽没有牛头犬那种气力和蛮勇，可它却拥有胜之千倍的东西，那就是它具备生活常识。对于应付生存挑战来说，健康和智慧可是必备的两个条件。当狗的世界不被人类"掌控"时，无一例外的，这种黄毛杂种狗会脱颖而出，成为唯一胜利的幸存者。

有时，这种回到胡狼种族的返祖现象是比较彻底的。一只黄毛杂种狗的耳朵总是尖尖的，直挺挺地竖立着。这时候，你可得当心了。它是一种狡猾又凶猛的狗，会像狼那样咬人。而且，它的天性中还有一点怪异、野性的倾向。不管人类出于对这种狗诸多优良品性的喜爱，产生了多么深厚的感情，但在长期遭到虐待或是饱受磨难之后，可能会导致这种狗做出最可怕的叛逆举动。

一

在遥远的切维厄特丘陵上，小乌利出生了。在一窝小狗当中，只有它和另外一个更小点儿的弟弟被主人留养了下来。它的弟弟被留养，是因为长得很像附近一只最优秀的狗；它自己呢，是因为长着一身黄毛，是个漂亮的小家伙。

乌利小时候过着牧羊犬的生活。跟它做伴儿的除了一位老牧羊人，还有一只经验丰富的柯利牧羊犬，它还负责训练乌利。两岁时，乌利已经完全长大了。它接受了如何牧羊的系统训练，对那些羊了如指掌，上至公羊的角，下至羔羊的蹄子。它的主人老罗宾非常信赖它的精明才干。常常是他自己彻夜泡在小酒馆里，而乌利呢，则在山丘上守护那些浑身长着羊毛的傻瓜。于是，乌利接受的训练有了最好的用武之地。从很多情况来看，它是一只聪明伶俐的小狗，本该有很好的发展前途。可是，它从来就没有学过藐视那个头脑糊涂的罗宾。这个老牧羊人浑身都是毛病，却孜孜不倦地追求他的理想状态——酩酊大醉。虽说他整日沉醉在这样一种萎靡的精神生活中，却很少粗暴地对待乌利。乌利报答他的是一种近乎夸张的崇拜，那种在这片土地上就连最伟大的、最聪明的人都梦寐以求的狂热崇拜。

在乌利的心目中，再没有比罗宾更了不起的人物了。其实呢，罗宾已经以每周五先令的工钱，将自己维持生命的全部体力和脑力抵押给了一个不算很大的牛羊经销商，他才是乌利效力的真正主人，而这个人的头脑实际上也不比邻近的地主高明多少。有一天，他吩咐罗宾分期分批地赶着他的羊群穿过约克郡荒原，到集市去。在参与这个行动的376个脑瓜里，唯有乌利是对此事最关注、也最有兴趣的一个。

他们平安无事地穿越了诺森伯兰郡。在泰恩河畔，羊群被赶上了渡船，并且安全地在冒着黑烟的南舍尔德上了岸。在这里，许多巨大的工厂烟囱刚刚启动一天的工作，喷吐出笼罩着堤岸的浓烟。轰隆隆的滚筒释放出的铅色烟雾低垂地悬挂在街道上方，它使天空变得昏暗，就像暴风雨来临之前的乌云。羊群以为它们认识这些暗褐色的浓雾，它们就是一场罕见的切维奥特大暴雨的前兆。一旦受到这种惊吓，不管看护人和牧羊犬做什么，它们都一窝蜂地朝着这个城镇的374个方向逃窜。

藏在罗宾内心深处的渺小灵魂被弄得焦急万分。他呆呆地盯了羊群半分钟后，就发出命令："乌利，去把它们找回来！"动过这番脑筋之后，他就坐了下来，点燃烟斗，取出他的手工活儿——一只织了一半的袜子，开始继续编织起来。

对乌利来说，罗宾的命令就是上帝的声音。它马上朝着374个方向奔跑了一遍，拦截、召集回了那374只流浪者，将它们带回到了留在渡口小屋那儿的罗宾面前。罗宾面无表情地看着这个过程，拿着刚刚织完了袜趾的袜子。

最后，乌利——不是罗宾——发出信号，示意所有的羊都已经在这儿了。这位老牧羊人才开始清点羊数——370，371，372，373。

"乌利，"他责怪道，"这儿不全，还有一只羊没回来呢。"乌利羞愧地听着，立刻一跃而起，急匆匆地去搜索整个城市，找寻那只丢失的羊。乌利的身影刚消失，就有个小男孩对罗宾说，所有的羊都在这儿呢，整整374只，一只都没少。这时，罗宾左右为难。他接受的命令是赶紧去约克郡，可是他也知道乌利的自尊心很强，找不到另外一只羊，它是决不会回来的。哪怕是去偷一只羊，乌利也一定要做到。以前，也曾发生过这样的事情，但最后总会让他置身于一场麻烦中。现在他该怎么办呢？乌利虽是条好狗，丢掉可惜,但万一它真的偷来一只羊凑数,罗宾的麻烦可就大了。想来想去,罗宾最后决定遗弃乌利,独自赶着羊群继续往前走。至于他以后的情形怎么样,那就没有人知道,也没有人关心了。

与此同时,乌利飞奔了数英里的街道,白费力气地在那儿搜寻那只丢失的羊。它寻找了整整一天,到了晚上,饥肠辘辘,精疲力竭。当它羞愧难当地偷偷溜回渡口时,看到的却是它的那个主人和羊群都已经无影无踪了。它那副难过的样子,看起来真叫人觉得可怜。它呜咽着四处奔跑,然后又搭乘渡船到了河对岸,搜遍每个角落,寻找罗宾。接着,它又返回南舍尔德,在那儿寻找。那个晚上剩下的时间,它都花在了寻找那个卑鄙无耻的偶像上。第二天,它继续搜寻,乘渡船过去,又乘渡船过来,无数次地往返于河两岸。它察看、嗅闻过往的每一个人。为了寻找主人,它还别有心机地不断地察看邻近的小酒馆。次日,它又开始有条不紊地嗅闻每个要渡河的人。

渡口每天有五十班渡船,平均每次有一百人过河。可是乌利一次也不错过,它站在轮船跳板上,嗅着走过的每一双腿。那天共有10000条腿被乌利以自己的方式检查了一遍。过了一天又一天,整整一周,它都坚守在自己的岗位上,似乎对填饱肚子的事儿都漠不关心。不久,饥饿和焦虑开始在它身上产生了效果。它变得消瘦了,脾气也变坏了。没有人敢碰它,任何一个企图干涉它日常"嗅腿"工作的人,都会惹得它歇斯底里。

日复一日，周复一周，乌利一直在盼啊、等啊，它的主人却从未出现。渡口的人学会了尊重乌利的忠诚。起初，它对他们提供的食物和庇护所不屑一顾，没有人知道它是怎么活过来的。最终，它饿得要死，便开始接受这些馈赠，渐渐容忍了这些施舍者。尽管怨恨这个世界，但对那一钱不值的主人，它的心却依旧忠诚。

十四个月之后，我与它相识了。它仍然一丝不苟地在它的岗位上值勤。它已经恢复了昔日美好的容颜。白色的颈毛映衬着这只狗聪明、机敏的脸庞，它还有一对尖尖的耳朵，处处惹人注目。可是一旦它发现，我的腿不是它要寻觅的腿之后，就立刻不再多看我一眼。不管随后的十个月里，我如何主动地表示友好，它仍然继续在岗位上守望。就像对其他陌生人一样，我无法取得它进一步的信任。

整整两年，这只忠心耿耿的动物一直守候在那个渡口。只有一件事儿，阻挠了它返回山区的老家。这既不是因为路途遥远，也不是可能会迷路的风险，而是它坚信那个罗宾，神圣的罗宾，希望它留在渡口，因此它就留了下来。

可是，乌利只要觉得有希望实现它的目标，就会往返于河的两岸。一条狗的船费是一便士。这样算来，乌利在放弃它的搜寻之前，已经欠了轮渡公司上百英镑。它从不放弃嗅闻走过轮船跳板的每一双腿——经过测算，被这位"嗅腿"专家闻过的腿已经大约有 6000000 条。但是，所有的数字都达不到它的目标。尽管显而易见的是，在这种长期的折磨中，它的脾气变得越来越乖戾了，但它的忠诚却从未动摇。

罗宾后来怎么样了,我们从来没有听说过。可是当有一天,一位健壮的牲口贩子从轮船的斜板上大步走下来时,乌利照例上前去检查这位新来者,它突然激动起来,竖起鬃毛,颤抖着,发出一声低沉的咆哮,然后它把注意力全集中在这位牲口贩子身上。

一位渡口工作人员不太明白是怎么回事儿,他冲那个陌生人叫道:"喂,伙计,你可别招惹我们的狗!"

"谁招惹它了?你这个白痴,是它想招惹我!"更多的解释显然是多余的。乌利的态度彻底改变了,它起劲儿地巴结、讨好这位牲口贩子。这么多年以来,它的尾巴第一次这么猛烈地摇晃着。

这件怪事三言两语就可以说明白。原来这位名叫多利的牲口贩子是罗宾的老相识。他戴的手套和毛围巾都是罗宾亲手织的,这些都曾经是罗宾行头的一部分。乌利从这些东西上嗅出了旧主人的气味,同时对于回到失踪的偶像身旁已经心生绝望。于是,它放弃了在渡口的岗位,明确地表示想效忠这位拥有手套的主人。多利非常乐意接受它,让乌利跟随他一道回到德比郡群山环绕的家里。在那儿,乌利再次成为一只负责看管一群羊的牧羊犬。

二

蒙沙代尔是德比郡最著名的峡谷之一。"猪仔口哨"是峡谷里仅有的却远近闻名的酒馆。这儿的店主乔·戈里特莱克斯是约克郡人,精明能干,身体强壮。自然造物本想让他成为一个拓荒者,但命运却使他成了一个酒店老板。尽管如此,内在的天性使他成了一个偷猎者——好了,没关系,反正在那个地区存在大量偷猎事件。

乌利的新家位于峡谷东部的高地,在乔的酒馆上方——这是吸引我到蒙索代尔来的重要原因之一。乌利的主人多利在低洼处耕作着一块面积不大的庄稼地,还在沼泽里养着一大群羊。乌利依靠以往的经验看护着这些羊,白天守卫着它们吃草,天黑时将它们赶回羊栏。作为一只狗,它显得沉默冷淡,心事重重。它随时准备向陌生来客龇牙,而对于羊群它却是一丝不苟、全神贯注的。多利在那一年连一只羊羔也没损失,而邻近的农场主却照例向鹰隼和狐狸进献了不少贡品。

山谷充其量只是个差劲的猎狐之地。由于岩石嶙峋的山脊、高大的石墙,还有悬崖绝壁这类东西太多,骑马人不乐意来这儿。由于位于岩石丛中,可供逃脱的退路数不胜数,蒙沙代尔没有成为狐狸的天下,真是个奇迹。但它们确实没有统治这儿。人们本来没有什么可以抱怨的理由。直到1881年,有一只狡猾的老狐狸在这个肥沃的教区安家落户,就像一只老鼠藏在一块奶酪里一样,暗自嘲笑着猎人们带的猎犬和农场主们养的杂种狗。

这只狐狸几次被猎犬追赶,但最终它都在跑到"魔鬼洞"一带之后逃脱了。一旦进了峡谷,岩石的裂缝不知道延伸到什么地方,它就可以平安无事了。本地居民开始意识到这个事实,它总是在"魔鬼洞"逃脱追捕,这绝不仅仅因为它碰上了好运气。有一次,一只猎犬差点儿就抓住了这只"魔狐",但不久之后却疯掉了。由此,人们对传言深信不疑,这只狐狸一定是有神灵保佑的。

老狐狸继续干着它的劫掠勾当,肆无忌惮地突袭,在紧急时刻死里逃生。最终,它就像许多老狐狸一样,成了一个嗜血成性的屠杀狂。结果,先是迪格比,一夜之间就失去了十只羊羔;第二夜,卡罗尔损失了七只羊羔。不久,牧师家的一塘鸭子全都被咬死了。之后,几乎每天夜里,这个地区都会有家禽、羊羔或绵羊被杀戮的消息,到了后来甚至连小牛犊都不能幸免。

当然,所有的屠杀都被归咎于"魔鬼洞"的这只狐狸。但人们只知道,它是一只体形非常大的狐狸,至少有人见过它留下的一只硕大的脚印。从来没有谁看清楚它长什么样,连猎人也没见过。还有人注意到,在追捕狐狸时,一群猎犬中最忠心耿耿的桑德和贝儿都不想朝着它吠叫,或者甚至不愿循迹追踪它。

老狐狸疯狂的名声,足以让那些猎犬的主人有意避开这位邻居。蒙沙代尔的农场主们,以乔为首,达成共识,只要在下过一场雪后,他们就会集合起来,对整个山区进行围剿。哪怕打破一切狩猎规则,也要不择手段地铲除这只"疯狂的狐狸"。可是,现在还没下雪,就只好任凭这位"红毛绅士"继续过它的逍遥日子。虽然老狐狸很疯狂,却并不缺乏谋略。它绝不会连续两个晚上光临同一个农场,也绝不会在屠杀现场享用猎物。它绝不会留下一个脚印,泄露它的撤退路线。它夜间的行踪,通常会消失在一片草地上或一段公路上。

有一次,我看到过它。那是一个狂风暴雨的深夜,我正走在从蒙沙代尔去往贝克威尔的路上。当我转过斯蒂德家羊圈的拐角处时,天空掠过一道闪电。借着闪电的亮光,有一幅令人大吃一惊的画面定格在我眼前。在路边,离我二十码远的地方,蹲着一只身形硕大无比的狐狸,它正恶狠狠地盯着我,还不怀好意地舔着嘴唇。如果这就是我所看到的一切,再没有别的,或许我过后就忘记了,要不然就以为自己看错了。但第二天早上,就是在那个羊圈里,发现了二十三只绵羊的尸体。这个迹象表明,在这家犯下罪行的正是那个臭名昭著的劫掠者。

只有一户人家幸免于难,那就是多利家。这实在是件非常了不起的事情,因为他家正处在这个被袭击地区的中心地带,离那个"魔鬼洞"不到一英里。忠诚的乌利以此证明了自己顶得过邻家所有的狗。夜复一夜,它把羊群带回来,从来没有丢失过一只羊。"疯狂的狐狸"如果想要下手,可能会在多利家周围暗中寻觅时机。可是,精明、勇敢、敏捷的乌利远胜于它的对手,不仅挽救了主人家的羊群,而且连它自己也毫发未损。每个人都对乌利怀有深深的敬意。要不是它的脾气一向就不友好,如今又变得越发乖戾,它可能早就成了一只最受欢迎的宠物。它似乎喜欢多利和赫尔达。赫尔达是多利的长女,她是一位精明能干、年轻漂亮的女孩。作为这所房子的总管,她成了乌利的特别监护人。对于多利家庭的其他成员,乌利学会了容忍。而对于这个世界里别的人和狗,乌利看起来却都视若仇敌。

  乌利古怪的性情在我与它最后一次邂逅时,表露得淋漓尽致。我正走在通往沼泽的一条小路上,这条小路在多利家房子后面。乌利躺在门口的台阶上。当我走近时,它站了起来,好像没有看见我似的,从我走的小路上迅速跑过去,拦在我前面大约有十码远的地方。然后,它静静地站在那儿,目不转睛地凝望远处的沼泽,只有微风拂动它的颈毛表明它没有突然间化作一尊石像。当我走近时,它纹丝不动。因为我不希望引起口角,就绕过它的鼻子,继续往前走。乌利立刻离开它站立的地方,同样沉默着跑了二十英尺,再次挡在前面的小路上。我又一次走近,踩进草丛里,掠过它的鼻子。突然,它悄无声息地咬住了我的左脚后跟,我用另外一只脚踢它,但是它躲开了。我手边没有木棒,于是向它扔了一大块石头。它向前跃开,但石块打中了它的大腿,和它一起滚进一个水沟里。当跌倒时,它咆哮着发出一阵野蛮的吼叫。但当爬出沟渠后,它却一声不吭,一瘸一拐地走开了。

  尽管乌利对这个世界抱着阴沉、凶狠的态度,可是对多利的羊儿,却总是温存和善。当地流传着许多关于它营救羊的故事。如果没有它及时、机智的救援,一只又一只不慎掉进池塘或是洞窟的可怜小羊羔已经丧命了;许多只四脚朝天拼命打滚的母羊,是它帮着翻过身,这才站立起来的;

而且在牧羊时,它能以锐利的眼睛辨识出来,并以勇猛的斗志挫败每一只出现在沼泽上空的鹰。

三

在这段时间里,蒙沙代尔的农场主们仍然每夜将他们的贡品进献给这只"疯狂的狐狸"。当雪花飘零时,已是十二月末了。这天夜里,可怜的寡妇盖尔特失去了她的整整一群羊,共 20 只。一大早,队伍就出发了。这些身体强壮结实的农夫在离开时,毫不掩饰地挎着猎枪,决心对雪地上泄露行迹的巨大脚印追踪到底,那是一只硕大的狐狸的爪印。毫无疑问,这就是那个杀生如麻的恶棍留下的。起先的一段,足迹特别清晰,到了河边,这种动物惯有的狡诈就显现出来。它沿河而下,绕着一个长长的斜角,来到水边,然后跳进浅浅的、没有结冰的水流中。但在河的对岸,却没有它出水时留下的脚印。不过,猎人们经过长时间的搜寻之后,在距离河水上游四分之一英里远的地方,找到了它的脚印,发现它正是从那儿上岸的。接着,脚印跑到了亨利家高高的石墙上,那儿没有雪,失去了可供留下足迹的线索。然而,这些耐心的猎人仍然锲而不舍,继续搜寻。当脚印穿过石墙后面平坦的雪地,到达高高的公路上时,他们的意见出现了分歧。一些人说脚印往公路上方去了,另外一些人则认为沿公路往下去了。乔平息了这场争议。

又经过一番长时间的搜索,他们发现了明显相似的脚印。尽管有人认为它们看起来更大,是另外一只闯入羊圈的狐狸留在路上的。它留下了脚印,却没有伤害里面的羊群。然后,这个制造脚印的家伙踩着一个村民留下的脚印,走到通往沼泽的公路上,从那儿一路小跑径直进了多利家的农场。

那天,由于下雪的缘故,羊群都被拦在羊圈里。乌利也没有像往常一样上工,而是趴在厚木板上晒太阳。当猎人们被脚印指引到这所房子附近时,它粗野地狂吠起来,偷偷地跑进羊圈里。乔·格雷特莱克斯走到乌利踩过的新雪上,瞥了一眼,他看得目瞪口呆。接着,他指着那只在不断后退的牧羊犬,加重语气肯定地说:"伙计们,我们跟丢了那只狐狸。可是却在这儿找到了咬死寡妇家羊群的凶手。"

一些人赞同乔的说法,另一些人则回想起有关足迹的种种疑点,提议返回去重新追踪一次。就在这个紧要关头,多利本人从房子里走了出来。

"多利,"乔说,"你的那只狗杀死了寡妇盖尔特的二十只羊,就在昨天夜里。现在看来,没有人相信它是头一回这么干。"

"嗨,老兄,你简直是疯了!"多利说,"我还没见过比它更棒的牧羊犬呢——它特别爱那些羊。"

"啊哟!我们可见过昨晚上它干的那些好事。"乔回答说。

大伙儿讲述了早上的调查经历,可是白费口舌。多利断言,他们这么说的目的,无非是出于嫉妒,想合谋除掉他的乌利。

"乌利每天晚上在厨房里睡觉,它从来就不会出门,除非我们让它出去看护绵羊。嗨,老兄,它看护我们的羊群一年多了,还从来没丢过一只羊蹄子呢。"

多利的情绪变得非常激动,因为他认为他们太卑劣了,居然企图诋毁乌利的名声和生命。乔和他的同伴同样也异常气愤。这时,赫尔达提出了一个明智的建议,平息了他们的怒火。

"爸爸,"她说,"今晚我就睡在厨房里。如果乌利出去,我就会看到;如果它没有出去,村里还有羊被咬死的话,我们就会有不是乌利干的证据。"

那个晚上,赫尔达就平躺在一个长沙发椅上,乌利像往常一样睡在桌子下面。随着夜色越来越深,这只狗越来越烦躁不安。它翻来覆去,有一两次还站了起来,伸了伸腰,看看赫尔达,然后又趴下了。凌晨两点钟时,它似乎再也无法抵制某种奇特的冲动。它悄悄地站起身来,望了望低矮的窗户,然后又瞅了瞅一动也不动的女孩。赫尔达静静地躺着,均匀地呼吸着,像是睡着了。乌利慢慢地走近她,嗅了嗅,将狗的气息喷在了她的脸上。她没有动弹。它用鼻子轻轻地碰了碰她。然后,它向前倾着尖尖的耳朵,歪着脑袋,对着她那安详的脸研究了一番。她仍然没有一点动静。于是它悄悄地走到窗户那儿,爬上桌子,没弄出一点声响。它把鼻子搁在窗栓下,抬起轻轻的窗框,直到它能将一只爪子放在下面。接着,它改变了一下姿势,将鼻子支在窗框下面,然后把窗框抬得很高,身体溜了出去,最后窗框在它的屁股和尾巴后面落下来。这种驾轻就熟的动作说明,这一定是经过长

173

期练习的。紧接着,它就消失在茫茫黑夜之中。

赫尔达躺在长沙发椅上看到了这一切,感到十分惊愕。等了一会儿,她确信狗已经离开了,于是就站起身,打算立刻把父亲叫来。但又想了一想,她决定再等等看,以便得到更确凿的证据。她凝视着黑暗的窗外,可是连乌利的影子都看不到。她往火炉里加了些木柴,又躺下了。过了一个多小时,她清醒地躺在那儿,听着厨房里的钟表滴答地响着,稍微有一点儿动静都会让她心惊肉跳,她特别想知道这只狗究竟干什么去了。难道真的是它咬死了寡妇的那些羊吗?然后,她又回想起它是多么温柔地对待他们的羊羔,这让她完全陷入困惑之中。

一个小时又滴答滴答地慢慢过去了。她听到窗户外面有一点轻微的响动,这让她的心脏怦怦怦地跳起来。先是一种抓挠的声音,紧接着窗框就升起来,不一会儿,乌利就回到厨房里,它身后的窗户也随之关上了。

在忽明忽暗的炉火的照耀下,赫尔达看到它的眼睛里闪烁着一种陌生的、野性的光芒,它的下巴和雪白的胸脯上溅满了血迹。当这只狗屏住轻微的喘息声,端详那个女孩时,发现她仍然没有动静。于是,它便躺下来,开始舔自己的爪子和口鼻,有一两次还发出低沉的咆哮声,好像是在回味某些刚刚发生的事情。

赫尔达看够了。她丝毫不再怀疑,乔是对的,而且一个念头快速闪现在她的脑海里。她猛地意识到,蒙沙代尔山谷那只怪异的鬼狐狸就在她面前。她站了起来,瞪着乌利,高声叫道:"乌利！乌利！真的是你——噢,乌利,你这个可恶的畜生！"

她激烈的斥责声回荡在寂静的厨房里。乌利向后退缩着,仿佛被枪击中一样。它向着紧闭的窗户投去绝望的一瞥。突然,它的眼睛开始闪光,颈毛颤动起来。但在她愤怒的凝视下,它依然畏缩着,匍匐在地板上,好像乞求她的怜悯。它慢慢地往前爬着,离她越来越近,好像要讨好地去舔她的脚。直到离她非常之近了,然后如猛虎一般一跃而起,无声无息地扑向她的喉咙。

这个女孩尚未醒过神来,但她及时地用力扬起胳膊一挥,乌利长长的、闪着亮光的獠牙插入她的肉里,咬到骨头发出咔吧的响声。

"救命啊！救命啊！爸爸！爸爸！"她尖声呼救。

乌利身体不重,一会儿她就将它推开了。但是,它的意图再清楚不过了。游戏已经结束,现在不是它死,就是她死。

"爸爸！爸爸！"她尖声叫喊着。这时,这只黄色的猛兽正竭力地想置她于死地,拼命地撕咬着她那双毫无保护的手——这双手曾天天给它喂食。

她奋力搏斗,想摆脱它,却无济于事。很快,它就要咬住她的喉咙了！这时,多利冲了进来。

现在,在同样可怕的沉默中,乌利猛地跳起来直扑向多利,一次次疯狂地撕咬着他,直到多利用柴钩给了它致命的一击,它顿时失去了战斗力。在石头地板上,乌利喘息着,痛苦地抽搐着。这时,它仍然不断地冲向多利,绝望地想要挣扎、反抗到最后。柴钩又是飞快的一击,它的脑袋迸裂了,脑浆溅在炉边的石头上——长久以来它就一直作为一个忠心耿耿、颇受尊敬的仆从卧在这儿。乌利,这个聪明、可靠又残忍、叛逆的乌利抽动了一会儿,然后伸开四肢,永远静静地躺在那里了。

红颈：一只唐谷松鸡的故事

一

松鸡妈妈领着它的一窝小雏鸟，沿着林木繁茂的泰勒山坡走下来。它们向着溪水走过去，这条小溪如水晶般清澈，却被人称作"泥溪"，可真有点儿不可思议。它的小宝贝们出生才一天，但走路已经挺快了，这是它头一回带着它们去喝水呢。

松鸡妈妈走得很慢，走路时还将身体俯得很低，因为树林里到处都有敌人。它的喉咙里小声发出温柔的咕咕声，招呼那些长着斑驳绒毛的小球球们跟过来。这些小家伙迈着嫩嫩的、粉红色的小脚，步履蹒跚地跟在妈妈后面。如果哪个落后了，哪怕只有几英寸远，都会发出柔弱、伤心的"啾啾、啾啾"声。它们看上去是那么脆弱，相比起来，真正的山雀倒显得又大又壮了。这窝小松鸡一共有十二只，松鸡妈妈留心照看着每一只。它注意观察着每一片矮林、每一棵树、每一丛灌木，乃至整个树林和天空。它在寻找的似乎总是敌人——这儿的朋友可太稀少了，想找都找不到啊——还真就发现了一个敌人。越过平坦的海狸草地的那头,有一只凶残的大狐狸。这只狐狸正朝着它们的这条路走过来,不一会儿就会闻到它们的气味了,也就是说会沿着它们的脚印跟过来。情况紧急,一分钟也不能耽搁了。

"咯儿,咯儿!"(意思是"快藏起来,快藏起来"。)妈妈用低沉却有力的声音喊道。于是,这些出生才一天,几乎比栗子大不了多少的小东西们,就远远地(其实只是几英寸)散开了,分头藏起来。一只小松鸡一头扎进一片树叶底下,另一只躲在两个树根之间,第三只蜷缩在一个卷曲的桦树皮里,第四只钻进一个小洞里,其余的小松鸡也都分头藏好了,只剩下一只小松鸡没有找到藏身之处,于是它就伏在一片宽大的黄木片上,身子平平地趴在上面,紧紧地闭上眼睛,确信现在自己很安全,满以为谁也看不到它了。这时候,小松鸡们不再惊慌失措地啾啾直叫了,一切都沉寂下来。

然后,松鸡妈妈就一直朝着那只可怕的野兽飞去,在狐狸一侧几码远的地方,它大胆地降落下来。接着,它让自己猛地跌落在地上,翅膀一直扑棱着,好像翅膀受了伤,又好像是腿瘸了。天哪,它瘸得多么厉害呀——还哀鸣着,就像一只绝望的小狗。它是在乞求怜悯吗——乞求一只嗜血成性的狐狸怜悯吗?不,绝对不是!它可不是傻瓜。人们常说狐狸狡猾奸诈,可是等着瞧吧,它和一位松鸡妈妈相比,是多么愚蠢啊!突然来了一个唾手可得的猎物,狐狸心花怒放,它猛地转身扑了过去,抓住了——不,至少它并没有精准地把那只松鸡抓在手里。它侥幸地扑棱着翅膀逃开了,和狐狸仅一步之遥。紧接着,它又是一扑,原以为这次能稳稳逮住它。可是不知何故,有一棵小树刚好拦在它们俩中间。松鸡笨拙地拖着身子,挪蹭到一根圆木下。那只凶残的狐狸轻松地跳过了圆木。而松鸡看上去似乎瘸得没那么厉害了,它又笨拙地向前跳了一下,从一段堤岸上跌落下去。狐狸列那紧跟其后,差点儿抓住了它的尾巴。可说来也怪,不管狐狸奔跑、跳跃得多么神速,松鸡似乎总是快那么一丁点儿。这可真是太不可思议了。一只翅膀受伤的松鸡和它——身手敏捷的列那狐,已经追了五分钟,狐狸却还是没有抓住它。这可真是奇耻大辱啊。但是,只要狐狸一使劲儿追,松鸡似乎就会恢复一些力气逃。经过四分之一英里的追追逃逃,不知何故,双方的赛场已经远离了泰勒山。这时候,松鸡的身体也莫名其妙地完全康复了,它嘲弄似的呼地飞起来,升向空中,穿过树林飞走了。狐狸目瞪口呆地留在那儿,它意识到自己被松鸡愚弄了。而且,最糟糕的是,它现在才记起,自己已经不止一次被这种把戏耍弄了。可是狐狸却始终想不明白,松鸡为什么要这么做呢。

与此同时,松鸡妈妈轻快地飞了一大圈,绕道返回它的小毛球们藏身的树林。

凭借着野生鸟类对位置的敏锐记忆,它飞抵的正是刚才的那片草地。它在那儿站了一会儿,欣赏着孩子们安静的样子,心中充满怜爱。即使听到它的脚步后,也没有一只

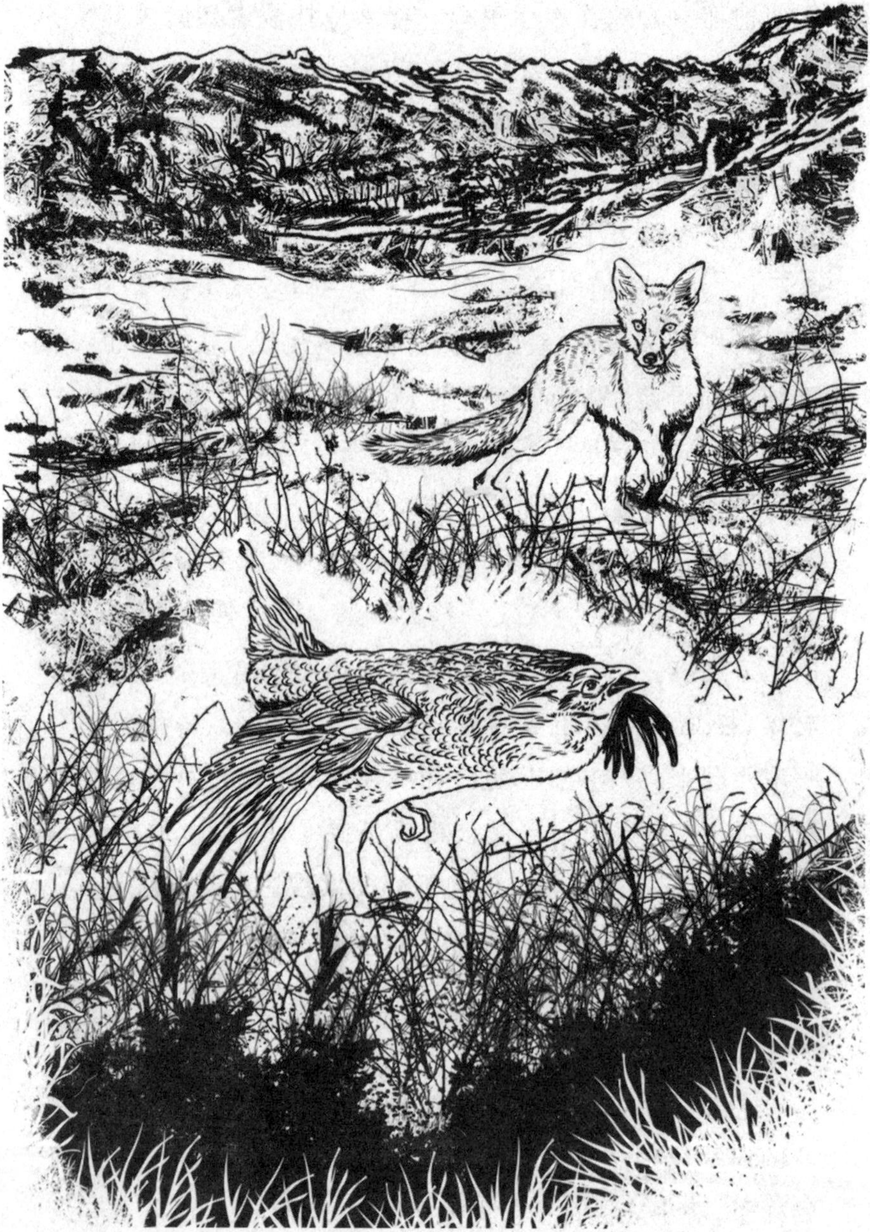

小松鸡惊动一下。那个趴在木片上的小家伙,隐蔽得也不算太糟糕,它压根儿就没动过,直到现在也还是一动也不动,只是把眼睛闭得更紧了点儿。直到妈妈叫道"咯——哩哩"(意思是"来吧,孩子们"),小松鸡宝宝们才像童话故事里说的那样,立刻从一个个藏身的洞里显现出来。那个趴在木片上的小家伙实际上是它们中最大的一只。它这时也睁大了一双小眼睛,跑到妈妈宽大的尾巴底下寻求保护,一边跑一边发出甜美的、细声细气的啾啾声。这种叫声,离这儿三英尺远的敌人是听不见的,可是松鸡妈妈即使在比这远三倍的地方也不会错过。其他的小不点儿也都"啾啾、啾啾"地叫着,跑到妈妈的尾巴下面。毫无疑问,它们自己都会觉得吵闹得太厉害了,但这恰恰表达了它们危险过后的喜悦之情哩。

这时,太阳热烘烘地晒着。走到水边,还要路经一片开阔空地。松鸡妈妈小心翼翼地观察着,看看周围有没有敌人。然后,它才张开扇状的尾巴将小东西们聚拢在下面,遮挡住阳光,免得它们发生中暑的危险。它们就这样走着,直到抵达溪流旁边的蔷薇丛里。

突然,一只棉尾兔从灌木丛里蹦了出来,这可真把它们吓了一大跳。可是,一看到棉尾兔身后拖着免战旗似的白尾巴,它们就完全放心了。这只棉尾兔是一位老朋友啦。另外,那天小东西们还了解到,这只棉尾兔总是拖着一面免战旗急行,而且它一贯信守承诺,从不侵犯它们。

接着,它们就来到喝水的地方,再没有比这儿更清澈的流水了，尽管人类把它叫作"泥溪"。

小家伙们第一次来这儿，还不知道怎么喝水，可是它们模仿妈妈的样子，很快就学会了像它一样喝水，每呷一口水都仰头致谢。它们挨在那儿顺着河沿站成一排，十二个棕黄色或金黄色的小球球长着二十四只粉红的小脚，小脚上带着内勾的小爪子，身上顶着十二个可爱的金黄色小脑袋。小脑袋们郑重其事地弯下，喝水，然后仰头致谢，就像它们的妈妈一样。

喝过水，妈妈仍然用尾巴遮蔽着它们，走一段路停一会儿，带着它们来到海狸草地远处的一边。这个地方有一个大的圆草丘，松鸡妈妈前一段时间就已经注意到这个地方了，喂养一窝小松鸡需要好多这样的草丘呢。因为这个大草丘的顶端是一个蚂蚁窝。大松鸡迈步走到草丘顶上，四下环顾了一会儿，然后就用爪子强劲有力地扒了五六下。脆弱的蚁山被刨散了，土筑的蚁道四分五裂，沿着斜坡坍塌下来。蚂蚁们蜂拥而出，因为它们没有想出更好的办法，只有乱跑乱撞，彼此吵成一团。有些蚂蚁绕着小山漫无目的地猛窜，而几只明智些的蚂蚁则开始搬运那些肥肥的白色蚂蚁蛋。可是，大松鸡走到跟来的小松鸡们面前，啄起一个看上去美味多汁的蚂蚁蛋，一边咯咯叫着，一边甩在地上，接着它一次又一次把那个蛋啄起来，甩在地上，又啄起来，然后才咯咯叫着一口吞下去。小家伙们站在四周看着。这时有一个黄黄的小家伙，也就是趴在木片上的那只小松鸡，啄起一个蚂蚁蛋，一连甩了几次之后，最后出于冲动，一口吞了下去。于是,这个小家伙便学会了吃东西。不到二十分钟,就连那只最弱小的松鸡都学会了进食。松鸡妈妈刨开了许多蚁道,它让蚁道连同里面的蚂蚁蛋顺着土丘滚落下去。随后,小松鸡们就争先恐后地追抢着这些美味的蚂蚁蛋。它们度过了一段快乐时光,直到每只小松鸡都把嗉囊填得满满的,鼓得变了形,再也吃不动了,才停下嘴来。

后来,它们小心翼翼地沿溪而上,来到一个沙质堤岸上,这儿被荆棘遮盖得严严实实。它们在那儿躺了一个下午,小松鸡们感受到了,细细的凉凉的沙土从热乎乎的脚趾缝间滑过时,是多么惬意啊!凭借强烈的模仿本能,它们学着妈妈的样子,用一侧身体在地上蹭着,用嫩嫩的脚爪刨地,扑棱着翅膀,尽管它们还没有长出可以扑闪的翅膀,只在身体两侧的绒毛中长着两片小肉垂,表明将来翅膀会从那儿长出来。那天晚上,妈妈将它们领到附近的干荆棘丛里,在那些干脆的枯叶当中,可以提防敌人悄无声息地走近;同时,在野蔷薇丛的遮蔽下,可以躲避来自空中的所有敌人。松鸡妈妈将小松鸡们拢在身下,它们就像躺在了覆盖着羽毛的摇篮里。看着这些满身绒毛的小东西那么信赖地依偎着它,紧紧贴靠着它那温暖的身体;它们蜷缩着小小的身子,睡梦中还发出啾啾的叫声,它的心中充满了做母亲的喜悦。

二

第三天,小松鸡们走起路来更稳健了。它们遇见橡子时,不用非得绕着道儿走过去了。它们甚至还能使劲儿地从松球上爬过去。在标志着将来长翅膀的小肉垂上,如今可以看到浮出的一道道胖胖的蓝色血翮了。

在它们生命的开端,有一位好妈妈,一双健全的腿脚,几种值得信赖的本能,还有一点初生的理智。本能,也就是与生俱来的遗传习性。就是这种本能,教导它们一听到妈妈的叫声就藏起来;也是这种本能,教导它们跟着妈妈走。但是,在阳光强烈照射的情况下,知道躲在妈妈尾巴下面的阴影里,这就是它们的理智起作用了。而且从那天起,理智就越来越多地渗透进它们不断扩展的生活中了。

又过了一天,那些血翮上冒出了羽毛芽芽。再过一天,翅膀已经长出了完好的羽毛。一周后,这一家子毛茸茸的松鸡宝宝已经有了强壮的翅膀。

不过,并不是所有的松鸡宝宝都这样——可怜的小不点儿让蒂最初就发育不良。它孵出来好几个小时后,背上依然带着半个蛋壳。它比兄弟们跑得少,可是却比它们叫得多。一天晚上,一只臭鼬来偷袭,妈妈发出了"喀哩特,喀哩特"(意思是"快飞啊,快飞啊")的命令,这时,只有让蒂落在了后面。当松鸡妈妈站在松岗上,聚拢它的一窝幼鸟时,让蒂已经不见了,它们再也没有看见它。

这时候,小雏鸡们继续接受训练。它们知道,在溪流旁边的深草丛里,有最多最美味的蚱蜢;它们知道,醋栗丛里会掉下光滑的绿虫子,非常肥美;它们知道,远处树林边有着的蚂蚁窝的草丘,意味着一座丰富的粮仓;它们也知道,那些草莓，尽管不是真正的虫子，但是味道也和虫子一样鲜美；它们还知道，那些巨大的斑翅蝶是可口、安全的野味；还有，那一块从腐烂的木头上剥落下来的厚树皮里，一定能找到各种各样好吃的东西；它们也知道，黄蜂、泥蜂、毛毛虫和长着很多脚的虫子，最好不要去碰。

时值七月，正是浆果月。在最近的一个月里，小松鸡们已经长大了，它们生长的速度令人惊讶。现在，它们长得那么大，以至于松鸡妈妈想要尽力遮护它们，就得整夜地站着了。

它们还是每天进行沙土浴，只是近来换到小山上另外一处高一些的浴场了。这个浴场被数量庞大、种类众多的鸟儿使用着。起初，松鸡妈妈不喜欢去这么一个别的鸟儿洗过的浴场。可是这儿的沙土质地是那么细软、舒适，而且孩子们总是兴致勃勃地带路，这让它忽略了自己的疑虑。

两星期之后，小松鸡们开始萎靡不振了，松鸡妈妈自己也感觉很不舒服。尽管它们吃得很多，可总是感到饥饿，而且它们个个都变得越来越瘦了。松鸡妈妈是最后一个受到影响的，但当病情在它身上发作时，来势一样凶猛——贪婪的饥饿感、发烧引起的头痛，还有体力耗尽的虚弱无力。它一直没弄清楚病因，也不知道在很多鸟儿使用过的沙土里洗浴的后果，但本能最初就让它对此有过疑虑，现在它再次避开那儿不去了。这是寄生虫传播造成的，它们全家都被感染了。

没有一种天然冲动是毫无来由的。这位鸟妈妈关于治病的知识也只是顺应天然冲动而产生的。它满怀一种热切的渴望,想要去寻找某种东西,虽然它也不知道是什么。它的这种欲望驱使它去吃一吃或尝一尝每一种看起来能吃的东西,并且驱使它去寻找最阴凉的树林。在那儿,它发现了一棵致命的漆树,上面结满了有毒的果实。要是在一个月之前,它准会不屑一顾地从它旁边走过,但现在它却要尝一尝这种原本毫无兴趣的浆果。它那苦涩、热辣的果汁似乎可以满足它身体中某种奇怪的需求。它吃了一个又吃一个,它的全部家庭成员也加入了这次奇特的医疗宴会。人类恐怕没有哪位医生一下就能对症下药,做得更高明吧。事实证明,这种植物是一种能引起绞痛、药性强烈的泻药。那个可怕的秘密天敌被打败了,危险过去了。可是并不是所有的松鸡都能幸免于难——对于其中的两只小松鸡来说,大自然的这位护士来得太迟了。根据残酷的自然法则,两只身体最虚弱的小松鸡被淘汰出局了。它们的身体已经被疾病折磨得虚弱无力,这种药物的药性对它们来说太猛烈了。它们在小溪旁边一次又一次地喝水,第二天早上,当其他的小松鸡跟着妈妈走的时候,它们已经一动不动了。奇怪的是,现在它们居然报了仇。一只臭鼬,刚好就是上次那个对让蒂的下落心知肚明的家伙,发现了它们的尸体并狼吞虎咽地吃下了,于是就被它们吃下的毒药毒死了。

现在,还有九只小松鸡在听从妈妈的号令。它们的个性特征早就显露了出来,现在发展得更快了。身小体弱者已经被淘汰了,可是还有一个笨蛋和一个懒虫。妈妈免不了会对这些小松鸡比对其他的关照更多点儿。它最喜欢的是个头最大的那只小松鸡，它就是以前躲藏时，趴在黄木片上的家伙。如今，在这一窝小松鸡中，它不仅个头最大，身体最棒，长得最英俊，而且它还是最听话的。每次妈妈发出"噜噜噜"（意思是"危险"）的警告时，并不总是能阻止其他小家伙们离开危险的小路或是可疑的食物，但对它来说，顺从似乎是它的天性，它从来就不会不答理妈妈那温柔的"喀——哩哩特"（意思是"过来呀"）的叫声，这种顺从的性格使它获得了回报，因为它在这片土地上生活得最长久。

　　八月，也就是换毛月，过去了。雏鸟们现在已是成鸟的三成大了。它们的所知已足以让它们自认为聪明极了。小时候，它们必须睡在地面上，这样妈妈才能用身体遮护它们。可是，现在它们已经长大了，不需要那样做了，妈妈开始教给它们成年松鸡的生活方式。该是它们到树上栖息的时候了。因为小黄鼠狼、小狐狸、小臭鼬，还有小水貂都开始跑来跑去了。一到夜晚，地面上变得越来越危险。因此，每当日落时分，松鸡妈妈就会发出"喀——哩哩特"（意思是"过来呀"）的召唤，然后飞到一棵枝叶浓密的矮树上去。

　　小家伙们都跟随它飞了上去，只有一个例外，这个固执的小傻瓜坚持像从前一样睡在地面上。头一天晚上，一切还平安无事。可到了第二个夜晚，它的兄弟们全被它的喊叫声惊醒了。起先是一阵轻微的扭打声，接着便寂静无声了。很快，这种沉寂就被一种可怕的嘎吱嘎吱嚼骨头声，还有吧嗒吧嗒舔嘴唇的声音打破了。它们偷偷向树下恐怖的黑暗看去,看见有两只挨得很近的眼睛在熠熠发光,一种特殊的霉味告诉它们,杀死它们那个蠢兄弟的凶手是一只水貂。

现在每天晚上,剩下的八只小松鸡在树上蹲成一排,它们的妈妈就夹在中间。可是时常还会有某个小家伙将冰冷的小脚踩在妈妈的背上栖息。

它们继续接受训练,大概就是这时学会了起飞。如果愿意的话,一只松鸡可以悄无声息地起飞,可有时起飞却非常重要。因此,它们全得被教会什么时候,以及如何起飞才能让翅膀发出雷鸣般隆隆的响声。凭借这种带声起飞可以达到许多目的。它可以警告附近的其他松鸡,危险近在眼前。它也可以使猎人不知所措,或是把敌人的注意力吸引到呼呼飞起来的松鸡那儿,可以让其他松鸡乘机悄悄溜走,或是蜷伏起来,不被敌人发现。

有一句关于松鸡的格言,大概是这么说的:"每个月有每个月的敌人和食物。"九月到了,种子和谷物代替了浆果和蚂蚁蛋,带枪的猎人代替了臭鼬和水貂。

小松鸡们非常清楚狐狸是什么样的东西,却几乎从没见过一只狗。它们知道,只要飞到树上去,就可以轻松地甩掉一只狐狸的追踪。可是到了猎人月,老卡迪便悄悄带着它那只短尾巴的黄色杂种狗沿着溪谷转悠。松鸡妈妈发现了这只狗,它立刻大声呼喊:"喀哩特!喀哩特!"(意思是"快飞呀,快飞呀"。)有两只小雏鸟认为,它们的妈妈居然那么容易就被一只狐狸吓得丧失了理智,真是可怜呀!它们不管妈妈是多么急切地一遍遍重复"喀哩特",还有它做出的示范——一声不响地迅速飞走,它们却还是很乐意炫耀一下自己非凡的胆量,便跳到了一棵树上。

这时,那只模样奇怪的短尾巴"狐狸"来到了树下,对着它们一阵阵地狂吠。它们起劲地取笑它,同时也在取笑妈妈和兄弟们。它们太得意了,根本没有注意到灌木丛里传来的沙沙声,随之就从那儿传来响亮的"砰、砰"声,两只血淋淋的松鸡扑通一声落到地下,被那只黄狗抓住,胡乱撕咬一气,直到猎人从灌木丛中跑过来,抢下了它们口中残留的尸首。

三

卡迪居住在多伦多北部、唐谷附近一间破旧不堪的棚屋里。他所过的生活就是希腊哲学家曾宣称的一种理想的存在状态。他既没有财富,也不用纳税;既不主张社会权利,也没什么家产可言。在他的一生中,工作的时间很少,玩乐的时间很多,而且他选择将大把玩乐的时间用在户外运动上。他自认是一个真正的户外运动爱好者,因为他"忒爱打猎""当他的枪冒火时,一眼瞅见被击落在泥里的畜生,他会觉得特别舒坦"。邻居们称他为"占居者[①]"。在他们

[①]占居者:未经允许即住下来,擅自占用房屋或土地的人。他们居无定所,没有工作,最大的特点是占着空房子白住。

眼里,他不过就是一个有固定住处的流浪汉。他一年到头在用枪猎杀和用陷阱诱捕猎物中度过,有时也会随着季节的改变,稍微变换变换花样。不过他也曾放言,假如碰巧没有查日历的话,他也能根据"松鸡的味道",判断出月份来。毫无疑问,这显示了他对松鸡的敏锐观察力,但不幸的是,这也可以确证他曾干过很不光荣的事情。猎杀松鸡的法定季节是从九月十五日开始的,但对于卡迪来说,提前两周打猎,也不是什么稀奇的事情。他不但一年又一年地设法逃避了处罚,甚至还成功地让自己在一份报纸的访谈录里被当作一个有趣的人物刊登了出来。

卡迪很少射中飞鸟的翅膀,因为他更喜欢随意射死鸟儿。在树叶未落的时节,想一枪打中鸟儿可不太容易。正因为这样,在第三峡谷的这窝松鸡虽然一直被人议论了很久,却还没有受到伤害。然而现在,正在附近寻找的另外一些猎手一定也会发现它们,这一点激发了卡迪去追踪"一整窝鸟儿"的干劲。可在松鸡妈妈带领六只幸存的小松鸡离开时,他没有听到振翅的轰鸣声。于是,他只好把杀死的两只鸟放进口袋里,返回棚屋去了。

这下,小松鸡们知道猎狗不是狐狸了,必须采用不同的办法来对付它;同时,另一个古老的教训——"顺从等于长寿"也就更加深刻地铭记在它们心上了。

九月份里度过的其余的日子,就是学习保持安静,以此避开猎手和其他一些老对头的伤害。它们仍然栖息在又长又细的树枝上,这些树枝生长在坚硬的树干上,掩映在浓密的树叶当中，可以保护它们免遭来自空中敌人的偷袭；树的高度又可以保护它们免受来自地面上敌人的侵害。剩下的天敌中，除了浣熊，就没什么好怕的了。而笨重的浣熊缓慢地踏在柔软的大树枝上时，总会及时向它们发出警报。可是现在正是落叶的季节——每个月有每个月的敌人和食物，这是坚果季节，也是猫头鹰季节。来自北方的横斑林鸮使猫头鹰的数量增多了两三倍。现在夜晚多霜冻了，浣熊的危险减小了。于是，松鸡妈妈改变了栖息的地点，换到了铁杉树枝叶最稠密的树枝上。

只有一只雏鸟对妈妈那"喀哩特，喀哩特"的召唤声置之不理。它坚持停歇在摇来晃去的榆树枝上不走，那儿现在几乎是棵没有叶子的裸树了。结果，在黎明来临之前，一只巨大的黄眼睛猫头鹰叼走了它。

如今只剩下松鸡妈妈和五只雏鸡了，它们的个头长得跟它一般大了。事实上，有一只最大的，就是趴在黄木片上的那只，比它的个头还要大一些。它们的颈毛已经开始显露出来，只是一点毛毛尖儿，但可以判断出长成后会是什么样儿。它们对于自己的颈毛可不是一般的自豪。

颈毛对于松鸡来说，就像是尾巴对于孔雀一样——那是它身上最美丽和最值得炫耀的地方。一只母松鸡的颈毛是黑色的，带着浅绿色的光泽。一只公松鸡的颈毛则更多、更黑，上面带着的深绿色光芒也更加鲜亮。偶尔，一只松鸡天生体形长得特别大，特别壮，它的颈毛不但更多，而且由于特殊的强化效果，会是深红的铜色，带着紫色、绿色和金黄色的彩虹般的色彩。这样的一只鸟儿,当然会使所有认识它的人感到惊奇。趴在黄木片上的那个小家伙,也就是让它做什么就做什么的小松鸡,在橡子月结束之前,就已经长出了灿烂夺目的金黄色、紫铜色相间的颈毛——为此,它就成了红颈,唐谷中最有名的一只松鸡。

四

橡子月末的一天,也就是大约在十月中旬的一天,在阳光明媚的海狸牧场边缘,松鸡一家正挺着鼓鼓的嗉囊,在一个巨大的圆松木桩附近晒太阳。这时,它们听到远远的地方传来一声枪响,红颈出于某种冲动,跳上圆木桩,昂首阔步地走来走去,几次上上下下。然后,在明亮、清爽、令人心旷神怡的天气里,它忍不住大声地扑打着翅膀挑衅,呼呼地飞旋而上,就像是一只欢蹦乱跳的小马驹,在表达它的感觉是多么良好,尽情宣泄着它那充沛的活力。接着,它再次呼呼地飞旋,让翅膀发出更大的声响,直到无意间,它发现自己已经不知不觉地发出咚咚的敲鼓声。这种新发现的能力让它不亦乐乎,于是它一遍又一遍地用翅膀拍打着空气。直到后来,附近的树林里到处是一只成年的雄性松鸡发出的洪亮的敲鼓声。它的兄弟姐妹一边听着,一边感到羡慕和惊讶。它母亲的反应也一样,不过从那时起,它母亲就有点儿担心它了。

十一月初,迎来了这个月一位诡异的天敌。遵循一种奇特的自然法则,所有的松鸡在它们出生后的第一个十一月里,都会变得疯狂。这种情形,人类中也不是没有完全等同的。它们就像着了魔似的,有一种渴望,想要离开这儿去某个地方,不管到哪儿去都无关紧要。在这段日子里,即使它们中最明智的松鸡,也会做出种种愚蠢的事情。到了晚上,它们就到处乱飞,也许会急速掠过乡间,或者被电线割成两半,或者冲进灯塔里,或者撞到火车的前灯上。在白天,它们会出现在各种各样不可思议的地方,在房屋里、空旷的沼泽地里,或者停落在大城市的电话线上,有时甚至出现在沿岸航行的船只的甲板上。这种疯病似乎是它们祖先迁徙习惯的后遗症。不过,它至少带来一种好处,那就是解散了家庭,防止了不断发生的近亲通婚——这是必然导致种族灭绝的行为。这种疯病总是在头一年出生的小松鸡身上发病时最严重,第二年秋天有可能会复发,因为它是非常具有传染性的,可是到了第三年几乎就销声匿迹了。

红颈的妈妈一看到霜冻的葡萄在变黑,枫树上那深红、金黄色的树叶在凋零,就知道疯病发作的这一天正在来临。它不可能做什么,除了精心照料它们,使它们身体健康,让它们待在树林中最清静的地方之外,就没有什么办法了。

疯狂月到来的第一个信号是,有一群野天鹅嘎嘎地叫着从它们头上越过,向南飞去。起初,小松鸡们从未见过脖子这么长的"鹰",还很怕它们。但当看到母亲一点也不害怕时,它们也就有了胆量,饶有兴趣地观看着野天鹅。不知道是那些野天鹅野性十足、铿锵有力的鸣叫声感染了它

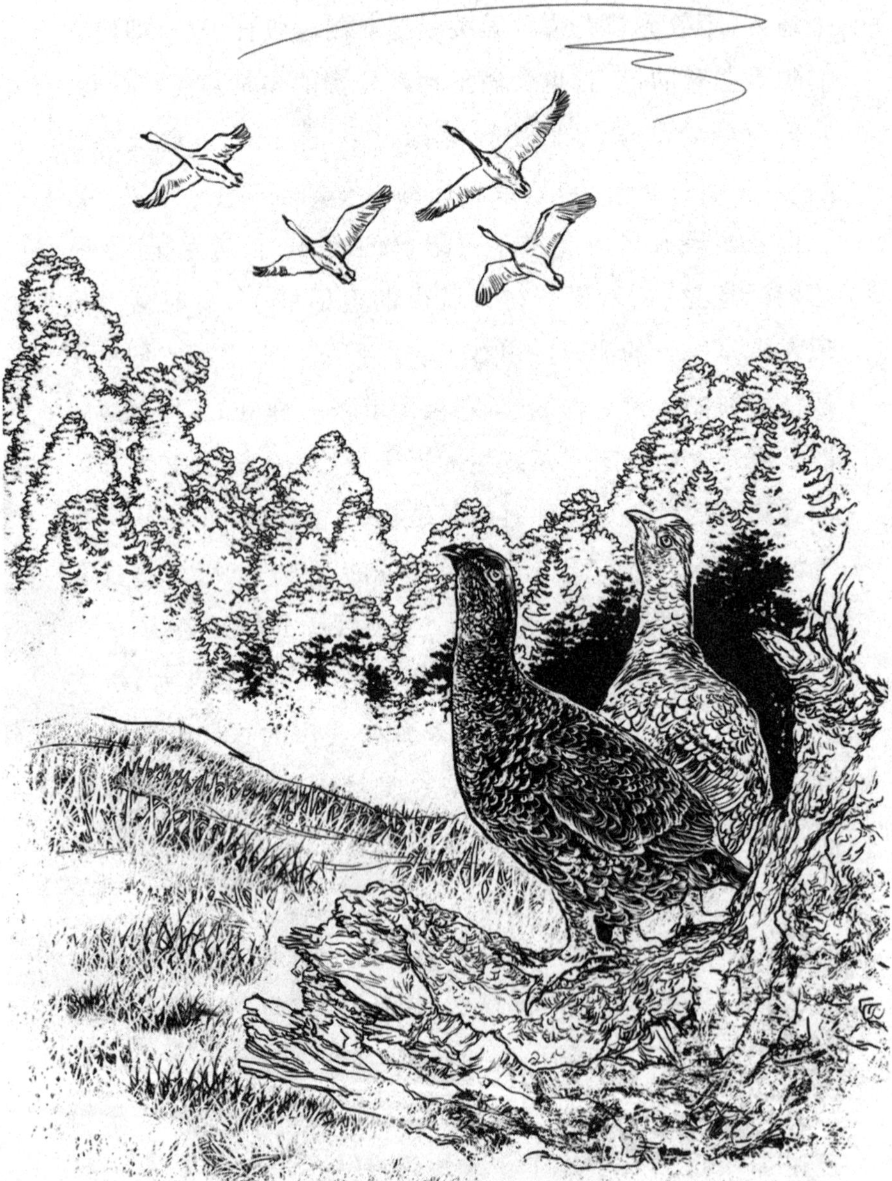

们，还是完全由于内在的激情流露了出来，一种奇怪的追随它们而去的渴望，占据了每只小松鸡的心房。它们目送着那些笔直地向前飞行着的野天鹅，眼看就要消失在南方了，它们就飞上更高的树枝，以便从更远的地方看到它们。从那时起，情况就发生了变化。十一月的月亮变得越来越圆，当它变成满月时，十一月的疯狂就降临了。

　　身体最差的松鸡最容易受到疯狂病的侵袭。这个松鸡小家庭四分五裂了。红颈独自漫无目标地流浪了好几夜，飞到了很远的地方。凭着内心的冲动，它一直向南飞，可是无边无际的安大略湖挡住了它，于是它又飞了回来。当疯狂月的月亮又变成月牙儿时，它再次出现在格伦泥溪畔，不过，它已经变成孤零零的一个了。

五

　　冬天一点点地过去，食物变得越来越少了。红颈坚守着老峡谷和松林边上的泰勒山，可每个月都有每个月的食物和敌人。疯狂的十一月带来了疯狂、孤独和葡萄；雪花月带来了野蔷薇果；暴风月带来白桦树的嫩枝，还有银色的暴风雪，它将整个树林覆盖在冰雪中。红颈很难在啄开冻僵的枝芽的时候，还能平稳地停落在树枝上。因为需要用嘴巴工作，红颈的喙磨损得很厉害，以至于嘴巴在闭上的时候，嘴巴的尖钩后面仍然留着一道缝。不过，大自然已经为它光滑的双足做好了准备。九月份时，它的脚趾还长得纤细又整齐，如今已经长出了一排排锋利、粗硬的尖齿，这些尖齿随着天气越变越冷而在不断生长。等到下第一场雪时，经颈已完全装备好雪鞋和冰爪了。寒冷的天气赶走了绝大多数的鹰和猫头鹰，也使得那些四只脚的敌人不可能悄悄靠近它而不被发觉。所以说，情况差不多好坏平衡了。

为了寻找食物，它飞去的地方一天比一天远。终于有一天，它发现了罗斯代尔河及其长满银色白桦树的河岸，考察了弗兰克堡，那儿有葡萄和花椒浆果①。它还造访了切斯特森林，那儿的唐棣属②植物和美国藤③摇曳着一串串果实，还有雪下光彩夺目的鹿蹄草果实。

不久，它就明白了，出于某种奇怪的原因，那些带枪的人不会走进弗兰克堡高高的栅栏里来。于是，在这种情况下，红颈就住在这儿，过着自己的生活。它每天了解新的地方，发现新的食物，变得越来越聪明，越来越美丽。

现在的红颈是十分孤单的，但看起来这似乎也不算什么苦难。无论它走到哪里，都能见到快活的山雀，欢乐地在一起你争我抢。它记着小时候，它觉得这些山雀看起来是那么了不起的大动物。山雀是林中最荒唐、最兴高采烈的动物。在秋天差不多结束之前，它们就开始唱起自己那著名的咏叹调"春天快来了"，一直唱个不停，贯穿整个冬天。直到饥饿月末，也就是我们的二月底，夜空出现一弯月牙儿，这些小调似乎才真的有了某种含义。这时，山雀们怀着

---

①花椒浆果：一种山梨，产于欧洲及美洲。
②唐棣属：蔷薇科，约25种，分布于北温带，大部分在北美。落叶小乔木，果实为紫黑色球形浆果。
③美国藤：五叶地锦，又名五叶爬山虎，葡萄科爬山虎属。果实为蓝黑色球形浆果。

一种"我早就告诉过你"的得意情绪,加倍地不知疲倦地向世界传达它们的乐观宣言。不久,它们的宣言就得到了有力的支持。因为太阳获得了力量,将弗兰克堡山南坡上的雪融化了,宽阔的堤岸上显露出大片芬芳的鹿蹄草。对红颈来说,鹿蹄草的果实是一顿丰盛的美食,这结束了它啄开冰雪寻找食物的艰苦工作,让它的嘴巴获得喘息的机会,重新长回原来的形状。不久,第一只蓝松鸦飞回来了,它一边在空中飞翔,一边婉转地唱着:"春天来了!"阳光越来越强了。三月的一天清早,从黑咕隆咚的空中传来一阵响亮的呱呱声,那是乌鸦王老银斑发出的叫声。它扇动着翅膀,率领着队伍从南方飞回来了,正式宣布:"春天来到了!"

整个大自然似乎都对此发出了响应。鸟儿的新年开始了,可是最感染它们的似乎还是某种内心的东西。山雀们简直是疯了,它们一刻不停地唱着"春天就是现在,春天就是现在、现在——春天就是现在、现在"!真不知道它们哪里还有时间找东西吃呢。

春天的到来,让红颈浑身感到一次又一次的震颤。它满心欢喜,朝气蓬勃地跳上了一个树墩,一遍遍地传送出雷鸣般的鼓声:"嘭,嘭嘭,嘭嘭,轰隆隆隆……"这声音回荡在小峡谷里,激起了低沉的回响。这响声表达了它对春天到来的兴奋之情。

离这儿较远的峡谷下面,就是卡迪的棚屋。在这个寂静的清晨,他听到了空中传来的这种打鼓的声音。他估摸着附近有一只要找死的公松鸡,便带上枪,偷偷地沿着峡谷摸了上来。但是,红颈已经悄悄地飞走了,它一路上没有停歇,又一次飞回了格伦泥溪。在那儿,它又一次跳上那个圆木桩,就是它第一次站在那儿击鼓的圆木桩。然后,它一遍又一遍地发出响亮的有节奏的敲击声。有一个小男孩抄近路穿过树林去磨房时,被这声音吓坏了。他跑回了家,告诉妈妈他确信印第安人正在出征的路上,因为在溪谷里,他听到了他们敲击战鼓的声音。

为什么一个快乐的男孩子喜欢喂喂地大声喊叫呢?为什么一个寂寞的年轻人喜欢唉声叹气呢?他们说不清楚。红颈同样不明白,现在它为什么喜欢每天跳上那个枯死的圆木桩,对着树林一遍又一遍地发出雷鸣般的打鼓声,趾高气扬地走来走去,炫耀它那华丽、鲜亮的颈毛(这些颈毛在阳光下像珠宝一样闪闪发光),然后再接着击鼓。如今它从哪里冒出了这么一个古怪的念头,希望有别的同伴来欣赏自己的羽毛呢?为什么在银柳月到来之前,它从来没有产生这样的想法呢?这些问题红颈都不知道答案。

"嘭嘭,嘭嘭,轰隆隆隆隆隆隆隆隆——"

"嘭嘭,嘭嘭,轰隆隆隆隆隆隆隆——"

它一遍又一遍地发出击鼓打雷般隆隆的响声。

日复一日,红颈寻找到了一个它最喜欢的圆木桩。慢慢地,在它那清澈、机敏的眼睛上方,长出了一个美丽的、蔷薇

---

① 银柳月:指四月,代表春天。

色的新冠子,那双粗笨的雪鞋已经完全从脚上褪掉了。它的颈毛长得更优美了,眼睛更明亮了。当它在阳光下的圆木桩上昂首迈步的时候,它的整个身体都光彩夺目,外表看起来漂亮极了。可是——天哪!它现在是多么孤单寂寞啊!

可是,除了在每天盲目的打鼓、行走中吐露自己对爱的渴慕之外,红颈还能做些什么呢?就这样,迷人的五月到了。一天清晨,当延龄草带着银闪闪的星光装点着圆木桩时,红颈拍打着翅膀击着鼓,心中充满着渴望。它停歇之后,接着再打鼓。这时,它灵敏的耳朵捕捉到了一丝响动,从灌木丛里传来了轻柔的脚步声。它转身察看,如雕像般站立着,它意识到自己被关注了。这是真的吗?是的!那是另外一只松鸡的身影——一只害羞的、小巧的母松鸡,它正羞怯地想找个地方藏起来。红颈马上就飞到了它的身旁。一种崭新的情感淹没了它的整个身心——它的胸中燃烧着爱的饥渴——而清凉的泉水就在眼前。红颈是多么自豪地向它舒展、炫耀自己漂亮的羽毛啊!它怎么知道,这么做就可以让对方喜欢呢?它绽开羽毛,想办法恰好站到被阳光照射到的地方,昂首阔步地走来走去,发出低沉的、温柔的咯咯声,变得就像另一物种的"绵绵的情话"一样动听。现在,它显然已经赢得了它的芳心。的确,其实它早该知道,几天以前母松鸡的心就已经被征服了。整整三天了,母松鸡一听到这种响亮的嘭嘭声就来到这儿,躲在远处,羞答答地爱慕着它。母松鸡觉得有点儿伤自尊,因为红颈一直没有发现它,尽管它就在离红颈并不太远的地方。当然，一切还不算十分不幸，它轻轻的脚步声终于被红颈听到了。而现在，母松鸡满怀甜蜜地、温顺地低下了头，露出柔美的姿态——焦灼干渴的流浪者终于走出了沙漠，找到了泉水。

啊！在这个名字不怎么动听却很可爱的峡谷里，它们度过了那些闪亮、愉快的日子。阳光从来没有像现在那么明媚，空气里弥漫着松树的芳香，这气味比梦境还要甜蜜。那只高贵的鸟儿天天到它的圆木桩上来，只为了生命的欢乐而击鼓。有时候母松鸡与它相伴而来，有时候它却孑然一身。为什么有时候它是独自来击鼓呢？为什么不能总是和它的小新娘布朗妮形影不离呢？为什么和小新娘待在一起进食，一起玩耍了几个小时之后，小新娘就要找机会偷偷溜走，让它在圆木桩上演奏军乐，抒发盼望小新娘快点回来的焦急心情，而小新娘却在几个小时之后甚至第二天，才跟它见面呢？这儿有一个红颈无法明了的林中秘密。小新娘每天和它厮守的时间日渐减少，后来竟然减少到几分钟。终于有一天，小新娘不来了。第二天，它也没来，第三天还是没有来。这几天，红颈急疯了，它有时急速地闪动翅膀飞来飞去，有时在老圆木桩上不断鸣鼓；后来它离开那儿沿溪而上，来到另一个圆木桩上击鼓，接着又飞过泰勒山，飞到了另一个峡谷，一遍又一遍地鸣鼓。到了第四天，当它站在它们初次约会的老圆木桩上，像从前一样大声呼唤它时，它听到从灌木丛里传来轻轻的脚步声，和它们初见时一模一样。它那失踪了的小新娘布朗妮就在那里，身后跟随着十只唧唧喳喳叫着的小松鸡。

红颈嗖地一下飞到布朗妮的身旁,这可把那些眼睛亮晶晶的小绒球们吓坏了。它刚刚冲过去就发现,这一窝唧唧叫的小松鸡对布朗妮的依恋可比对它强烈得多呢。这让它心里有点沮丧,可它很快就接受了这种变化,投身于这窝小松鸡的行列中,照料它们。它自己的父亲可从来没有这样做过呢。

六

在松鸡世界里,好父亲是难得一见的。母松鸡总是在没有帮助的情况下,独自筑巢,孵育后代。母松鸡甚至对伴侣隐藏筑巢的地点,跟它会面也只在它鸣鼓的圆木桩、觅食的场所,或者是有沙土的地方——这是松鸡族群的俱乐部。

在小宝贝们出生后,它们占据了布朗妮的整个身心,甚至让它忘掉了它们那光彩照人的父亲。可等到第三天,小松鸡们长得够壮实的时候,它一听到它们父亲的召唤,就将它们带了过来。

有些松鸡爸爸对小宝宝不感兴趣,可红颈却立刻投入其中,帮助布朗妮承担起抚养这一窝小松鸡的任务。小松鸡们学习吃东西,喝水,就像父亲小时候学习喝水一样。母亲在前面带路,它们歪歪斜斜地跟随着,而父亲要么在附近走来走去,要么远远地跟在后面。

第二天,当它们排成一行沿着山坡下来,朝着溪流方向走去时,就像一根拉长的绳子上串着许多珠子似的,绳子两头各有一颗大珠子。一只红松鼠正缠在一根松树干上,偷偷观察着这支松鸡队伍。小不点儿让蒂远远地落在后面。红颈正站在相距几码远的一个圆木桩上,用嘴梳理着羽毛,逃过了这只松鼠的眼睛。看起来这似乎是一个不错的机会,红松鼠那对小鸟血的渴望被唤醒了。它怀着杀戮的企图,猛地往前一冲,截住了最后一只掉队的小松鸡。布朗妮看到它时,已经太迟了,可是红颈事先已经注意到了,它一下飞到了这个红头发的刺客身边。它的武器是拳头,也就是它翅膀上面长着的许多突起的关节。这是多么有力的一击啊!在这一次进攻中,红颈打在了松鼠方方的鼻端上,这恰恰是它全身最脆弱的部位。这一下,打得松鼠摇摇晃晃的,它踉踉跄跄地爬进灌木丛里,原本它是指望从这儿带走那只小松鸡的。它躺在那儿喘息着,殷红的鲜血一滴滴地从它那邪恶的鼻子里流下来。松鸡们留松鼠躺在那儿,它们径自离开了。它后来怎么样了,它们根本不知道。不过自此之后,它再也没有骚扰过它们。

　　松鸡一家继续向水边走去,可是一只奶牛在沙土上留下了许多深深的蹄印,一只小松鸡跌进一个坑里,当它发现自己怎么也爬不出来时,就急迫地发出唧唧的悲鸣声。

　　这可是一个大难题。两只大松鸡看起来似乎有些不知所措,徒劳地在沙坑边走来走去。这时坑沿的沙土被踩陷了,继而坍塌下去,形成一个长长的斜坡,于是那个小家伙顺着坡跑了出来,重新加入到兄弟们的行列中,钻到妈妈尾巴下面。

布朗妮是一个聪明的妈妈,尽管身材娇小,却有着敏锐的意识和清醒的头脑,它日日夜夜机警地照料着它的松鸡宝宝们。当它迈着步子,发出咯咯的叫声,带着跟在身后的那窝漂亮可爱的小松鸡,穿过拱形的树林时,它是多么自豪啊!它又是多么紧张啊!为了给这些小松鸡们一个更宽敞的阴凉地,它使劲张开那小小的棕褐色尾巴,几乎撑成了半圆形。而且它看到任何敌人时,都不会胆怯退缩,随时做好战斗或者起飞的准备。无论是哪种方式,对于保护它的小宝贝们来说,怎么做最有利,它就怎么去做。

在小松鸡们学会飞翔之前,它们和老卡迪曾有一次相遇。尽管才到六月,他已经带着枪出门打猎了。他沿着第三峡谷往上走,他的杂种狗梯克在前面来来回回地跑着探路。他们距离布朗妮和它的小松鸡们越来越近了,情况非常危险。于是,红颈立即飞过来与这只狗交锋,它凭借虽然老套但从未失手的方法,将梯克引开,骗它傻傻地追赶着,离开这儿回到唐谷去了。

但不巧的是,这次卡迪径直往前走,来到一窝小松鸡这儿。布朗妮一边给它的孩子们发出信号,"咯噜噜噜,咯噜噜"(意思是"快藏起来,快藏起来"),一边跑过来将这个人引开,就像它的丈夫引开猎狗一样。它满怀母亲的慈爱,加上自己熟知的森林生存技巧,它静悄悄地奔跑着,直到走得非常近,才跳起来拍打翅膀发出呼啦啦的响声,直冲着他的脸飞过去,然后又一下子跌倒在树叶里,佯装腿瘸,有一会儿还真把这位偷猎者给骗了。但当它耷拉着一只翅膀,在他的脚边哀鸣,然后慢慢地一跌一撞地走开时,他知道这意味着什么——一切其实都是引诱他离开它的雏鸟们的诡计。他野蛮地朝它打了一棍子,但布朗妮很敏捷,它避开了,趔趄着躲在一棵小树后面。然后,它又一次极其痛苦地摔倒在树叶上,看起来似乎瘸得非常厉害。卡迪第二次尝试用一根木棒将它打死,但它又及时移动,避开了他的伤害。它依然坚定、勇敢地想将他从它那些无助的小宝贝那儿引开,于是它在他面前摇摇晃晃,将柔软的胸部贴在地面上拍打着,呻吟着,好像在乞求他的怜悯。然而,卡迪在又一次没有击中它之后,举起了枪,射出了足够杀死一只熊的火药。那位可怜的、勇敢的、怀着深深母爱的布朗妮颤抖着倒在地上,身体血肉模糊,羽毛变成碎片。

这位残忍的枪手知道小松鸡们一定就藏在附近,于是四处搜寻它们。可是没有一只小松鸡动一下或是叫一声。他一只也没有看见,但他用那双可恨的脚,毫不留情地踩来踩去,在它们藏身的地面上来来回回地穿梭,不止一个小松鸡默默地死在他的践踏之下。他既不想知道,也并不关心这些。

红颈将那只黄毛的畜生引到溪流下游之后,这会儿又回到它与妻子分手的地方。凶手已经走了,带走了布朗妮的遗体,并准备将它扔给那只狗。红颈到处寻找,发现了那块血淋淋的地面,地上还沾着一些羽毛,那是布朗妮的羽毛。这时,它明白了那声枪响的意味。

谁能知道它是多么害怕，又是多么悲痛呢？从表面上，几乎看不出什么迹象来，它默默地凝视着这个被妻子鲜血染红的地方，怔了几分钟，难过地低垂着头。接着，它转念想到了那窝无助的小松鸡。它转身返回它们藏身的地方，用众所周知的"喀哩哩特，喀哩哩特"呼唤着它们。在这种神秘语言的感召下，是不是每个坟墓似的藏身处都会放出它的小囚徒呢？不是的，仅仅超过半数，六个小绒球睁开了它们亮晶晶的眼睛，站起身，跑出来与它会合；而其余四只长着羽毛的小身体已经真的进了坟墓。红颈一遍又一遍地呼唤着，直到确定所有能应答的小家伙都出来了，然后便领着它们离开了这个可怕的地方，远远地离开，朝着溪流的上游走去。在那儿，带刺的铁丝篱笆和荆棘灌木丛可以为它们提供一个虽然不算舒适，但却更可靠的庇护所。

在这儿，这窝小松鸡成长着，接受着父亲的训练，就像当年红颈的妈妈训练它一样。广博的知识和经验使它有更多有利条件。它熟知山区周围的环境和所有觅食的场所，并且知道怎么对付那些困扰松鸡生活的各种疾病。夏天过去了，没有一只小松鸡夭折。它们不断茁壮成长，生气勃勃。当猎人月来临时，它们已经成为一个优秀的松鸡家庭——六只长大的松鸡和它们的首领红颈。红颈那闪光的古铜色羽毛依然灿烂辉煌。

尽管击鼓对于松鸡来说就像唱歌对于百灵鸟一样，但在失去布朗妮之后，整个夏天红颈停止了击鼓。因为那既是它的情歌，又表示它身体健康、精力充沛。当换毛结束时,九月的食物和气候使红颈原本灿烂夺目的羽毛焕然一新。这重新激发了它的活力,让它打起了精神。有一天,红颈不知不觉地来到那个老圆木桩旁边,便冲动地跳了上去,一遍又一遍地击鼓。

从那时起,红颈就经常去击鼓。每当这时,孩子们就坐在四周。有时候,某一只松鸡显示出继承了父亲的血统,就会登上附近某个树桩或者某块石头,用翅膀拍打着空气,发出响亮的嘭嘭声。

随着葡萄变成黑色,疯狂月现在已经到了。红颈的孩子们是一群活力充沛的松鸡,它们拥有强壮的身体,这就意味着它们具有健全的心智。尽管它们都得了疯病,可是不到一周就全好了,只有三只松鸡永远地飞走了。

当下雪的季节到来时,红颈带着剩下的三只松鸡依然在溪谷里生活。天空飘着轻柔的雪花,这时天气还不怎么冷。松鸡一家蜷伏在雪松树低矮、平直的粗枝下面过夜。可是第二天,暴风雪继续下着,天气变得越来越寒冷,雪整天不停地堆积着。到了晚上,雪停了,但霜冻越来越剧烈。于是,红颈领着孩子们来到一棵白桦树旁,树下有个高高的雪堆。它一下冲进雪堆里,其他的松鸡也如法炮制。接着,狂风吹卷着松散的雪花也钻进这些洞里——成了它们洁白的棉被。这样一来,它们就被裹在里面,舒舒服服地睡起觉来。因为积雪是一条温暖的被子,空气很容易穿透,足够它们呼吸。第二天早晨,每只松鸡都发现它自己呼出的水汽在面前凝结成一堵坚硬的冰墙,但它们可以轻松地将头转到一侧。在红颈一大早"喀哩哩特,喀哩哩特,喀特"(意思是"起来吧,孩子们,起来吧,孩子们,快飞啊")的召唤声中,拍打着翅膀飞起来。

对小松鸡们来说,这是它们在雪堆里度过的第一个夜晚,但这对红颈而言却是老生常谈的事儿。第二个晚上,它们又快活地钻到雪床上去,北风像以前一样将它们包裹在雪被里。可是,天气在酝酿着一场变化。这天夜里,风向转成了东风,先是下了一场鹅毛大雪,继而又变成雨夹雪,后来下起了银色的冷雨。整个广阔的世界都覆盖在冰雪之中。当松鸡们醒过来,想要离开它们的雪床时,却发现自己被封闭在冷酷无情、无边无际的巨大冰壳被子里。

雪堆深层的积雪依然是柔软的,红颈向着顶端想掘开一条通道,但在那儿,白色的被子被冻成了冰壳,非常坚硬,让它白费了一通力气。它竭尽全力地撞击、拍打,却没有一点起色,只是把它的翅膀和头部撞得青一块紫一块的。红颈的生活本来就是由强烈的快乐和沉闷的磨难构成的,它要不时地与突如其来的绝境相伴,不过这一次,似乎是所有打击中最沉重的一次。时间一小时一小时慢慢过去,它的挣扎越来越弱,离自由却遥遥无期。它也能听到孩子们努力挣扎的声响,或是偶尔听到它们拖着长长的嗓音,发出"哗哗哗哗特,哗哗哗哗特"的叫声,哀伤地向它求救。

现在,它们可以躲过许多敌人,可是却逃不脱饥饿带来的痛苦。当夜晚降临时,这些疲倦的囚徒因为饥饿和徒劳的挣扎,已经精疲力竭了,它们陷入绝望的沉默之中。起初,它们还担心狐狸会走过来,发现它们被囚禁在这儿,可以对它们为所欲为。可是等到第二夜慢慢地挨过去时,它们不仅不再担心,甚至还希望有狐狸过来,砸破这层硬硬的雪壳,这样它们至少还有一次为生命而战的机会。

然而,当狐狸真的走过来,在结冰的雪堆上跋涉时,它们内心深处潜藏的对生命的热爱又被唤醒了,于是,它们悄无声息地蜷缩在那儿一声不吭,直到狐狸走过去。第三天,又是一场强劲的暴风雪。北风驾着它的雪马呼啸着急驰在白茫茫的大地上,不停地摇晃、翻卷着它们的白色鬃毛。当它们横冲直撞地飞奔时,扬起许多雪粒。在这种坚硬的雪粒长时间的碾磨下,包裹它们的冰壳似乎变薄了。尽管冰壳底下本来就不怎么暗,现在确实变得越发明亮了。红颈整天在下面啄个不停,直到头也痛了,嘴也磨钝了。可是日落之后,看起来它距离逃离牢笼还像先前一样遥远。这一夜也和前几个晚上一样过去了,只不过没有狐狸从头顶上疾步走过。到了早上,它继续啄击着,尽管这次几乎连一点力气都没有了,而且它再也听不到孩子们的鸣叫或是挣扎的任何动静了。天色越来越亮,它看到经过漫长的努力,自己已经在头顶的雪壳上啄开了一个更亮的白色斑点。于是它继续有气无力地啄下去。外面,暴风雪乘着雪马还在整日肆虐着,在它们的铁蹄的蹂躏之下,这些硬雪壳真的越变越薄了。到傍晚时,红颈的嘴终于伸进了露天里,这使它又一次获得了新生。它继续啄着,就在日落之前,凿开了一个小洞。它的头、脖子，还有它那美丽的颈毛都可以钻出来了。可它那雄伟而宽阔的肩膀还是太大了，伸不出来。不过现在，它能够从上向下啄了，这就给它增加了四倍的力量。很快，雪壳就被啄碎了。不一会儿，它就从那个冰封的监狱里跳了出来，重新获得了自由。可还有三只小松鸡呢！红颈飞到离它最近的堤岸上，匆匆忙忙找了几个蔷薇果来缓解它那强烈的饥饿感。然后，它就返回了雪堆监狱，咯咯地叫着，踩来踩去。它只听到一声微弱的"哔特，哔特"的回应。红颈就用它那锋利的脚爪，在变薄了的粒状雪壳上抓刨着，雪壳很快就被凿碎了。灰尾巴虚弱地从洞里爬了出来。但这就是全部的幸存者了，其他的两只松鸡分散在别处，它不能判断在哪个雪堆里。但没有一点应答声，也看不出一丝活着的迹象。它被迫无奈地离开它们，走了。第二年春天，当冰雪消融时，它们的尸体就会显露出来，只剩下鸡皮、骨头和羽毛——再没别的东西了。

七

需要很长一段时间，红颈和灰尾巴才能彻底地恢复过来。不过，充足的食物和休息是包治百病的良药。在冬季一个晴朗明媚的日子里，这样的天气通常会产生这种效果——将精力充沛的红颈召唤到圆木桩上去击鼓。不知道究竟是击鼓的声音呢，还是白茫茫的雪地上留下的脚印，将它们的行踪泄露给了卡迪。他背着猎枪，带着猎狗，一次次悄悄来到峡谷，四处搜寻，企图猎获这两只松鸡。红颈它们老早就见识过卡迪的凶狠了,而现在卡迪就要来真正了解它们了。在峡谷一带,那只长着古铜色颈毛、了不起的雄松鸡已经闻名遐迩了。在猎人月里,许多人都跃跃欲试,要结束它那光辉灿烂的一生。这就像一个微不足道的老坏蛋,想借着焚烧以弗所①的世界奇迹来换取声名一样。可是,红颈深谙森林生存技巧。它知道在什么地方藏身,什么时候可以不动声响地悄悄飞走,它还知道什么时候应该蹲伏着,等敌人走过之后,立即振动翅膀一跃而起,躲到一码远之内的某棵粗壮的树干后面,然后再迅速飞离。

但是,卡迪一直背着猎枪,总是不停地在追踪那只长着红颈毛的雄松鸡。许多次他试着进行长距离快射,可不知什么原因,他总是发现每回都有一棵树或是一段堤坝,或者某个其他的安全屏障,阻挡在他们两个之间。红颈依然活着,依然生气勃勃,依然拍打翅膀击着鼓。

当雪花月来临时,红颈和灰尾巴转移到了弗兰克堡的树林里去了。那儿不仅食物丰富,而且还有许多高大的古树。尤其是在东坡蔓延的铁杉林中,赫然矗立着一棵雄伟的松树。它的直径六英尺宽,从它最低的一圈松枝起,就已经高出了其他树木。在美好的夏日里,这棵松树的树冠可是蓝松鸦及其新娘的度假胜地。这儿高高在上,已经远远超出了枪弹的射程。蓝松鸦会在它的爱侣面前唱歌、跳舞,

---

①以弗所:是世界上保存得最完整的古城之一,也是目前世界上最大的希腊罗马古城,位于现在的土耳其西部的塞尔丘克镇。这里曾经是罗马帝国的五大城市之一,在古希腊和古罗马时期曾经繁荣盛极一时,留有许多古迹。

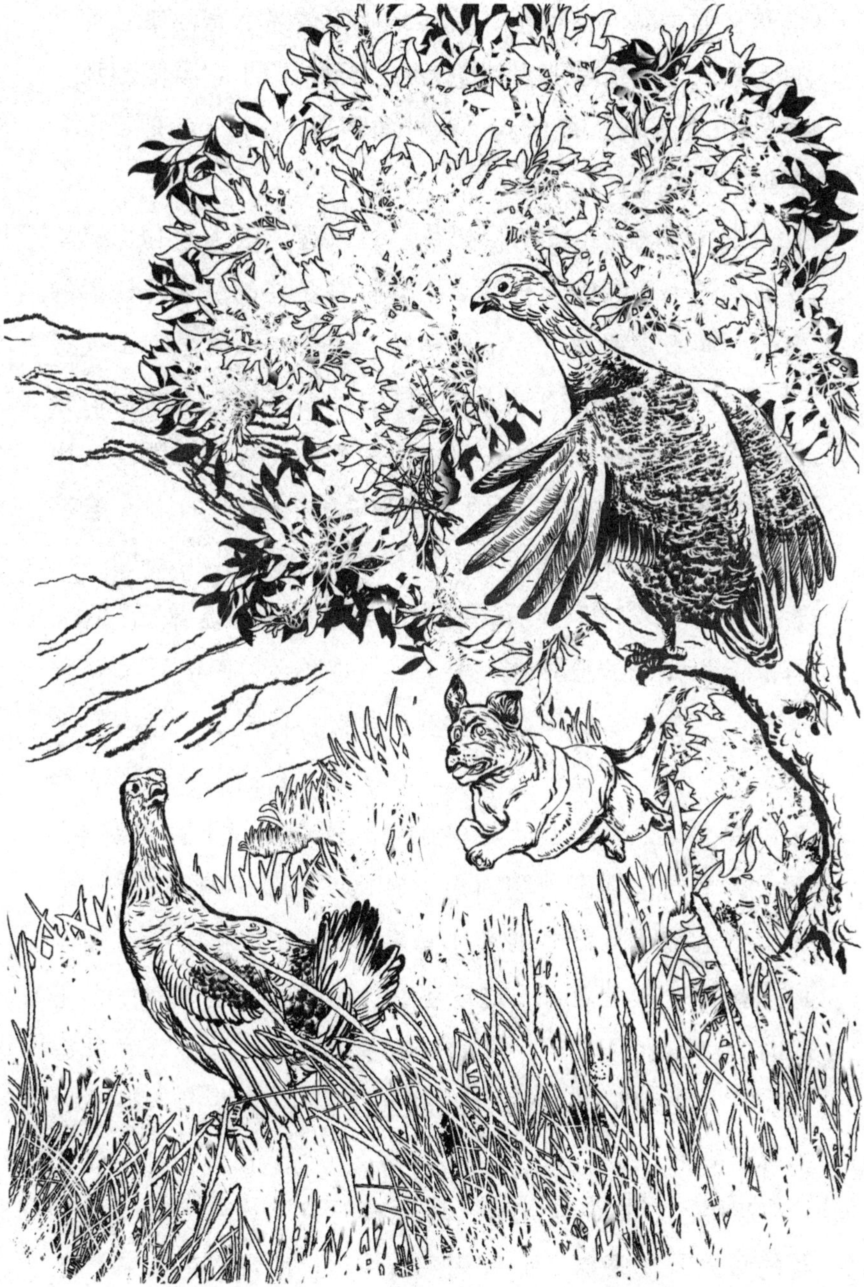

张开它那美丽的蓝羽毛,婉转地鸣奏着最甜蜜的来自仙境的音乐。这仙乐是那么甜美、那么柔和,除了它献唱的那个对象,几乎没有人能听到。这种曲调,从书本上可是一点儿也找不到的。

  红颈对这棵高大的松树特别感兴趣。因为它和那只幸存的小松鸡就在附近生活。引起红颈关注的是这棵松树的根部,而不是那高高在上的树冠。大松树四周全都是低矮的、蔓延的铁杉树,在树丛之间,生长着松鸡喜欢的葡萄藤和鹿蹄草,从积雪下面可以刨出甜美的黑橡果。再没有比这更好的觅食之地了。因为当那个贪得无厌的猎人走近时,它们很容易从低矮的铁杉树树丛里跑到大松树下面,然后从粗壮的树干背后嘲弄似的呼啦啦地飞起来,让巨大的树干和要命的枪弹在一条直线上,之后它们便可以安全地飞走。在法定的狩猎季节里,这棵松树至少救过它们十二次性命了。就是在这儿,那个掌握了它们觅食习惯的卡迪设置了一个新圈套。他偷偷地埋伏在堤岸下面观察着,而另一个同伙则围着甜面包山转悠,准备驱赶两只松鸡。那个猎人踏步从低矮的灌木丛穿过来,红颈和灰尾巴常在那儿找食吃。在距猎人逼近还有很长时间,还没有什么危险时,红颈就已发出一声低低的警报"噜——噜"(意思是"危险"),并且它迅速向大松树走过去,以防在迫不得已的情况下要起飞。

  灰尾巴正在离这儿有一段距离的山上,突然发现一个新的敌人就在眼前,那只黄毛杂种狗正冲着它跑过来。红颈离得太远，又被灌木遮住了视线，看不到它。于是灰尾巴大声地发出警报。

它"喀哩特，喀哩特"（意思是"快飞啊，快飞啊"）地大叫着，一个俯冲向山下跑去。红颈比它冷静些，它叫喊着"喀哩，喀噜噜"（意思是"往这边来，藏起来"），因为它看到灰尾巴在那个带枪的人的射程之内。它到了那棵大树那儿，躲在了树干的后面。红颈停了一会儿，便急切地向灰尾巴叫道："到这边来，到这边来！"接着，它听到前方的堤岸下面传来一阵轻微的响动，它知道有人埋伏在那儿。可就在这时候，那只狗扑向灰尾巴。灰尾巴发出一声惊恐的尖叫，便飞起来，准备逃向那棵可以提供庇护的树后面。但它逃离了这个公开露面的猎狗，却正好飞过堤岸下方，进入了那个卑鄙的坏蛋的势力范围。

"呼！"灰尾巴向空中飞了起来，这是个有灵性的、美丽而又高贵的尤物。

"哗！"灰尾巴掉落下来——粉身碎骨，鲜血直流，殒落在雪地上，变成了一具凌乱的尸体。

对红颈来说，现在的处境十分危险。因为没有机会可以安全地飞走，于是它只好低低地蹲伏着。那只狗走了过来，离它不到十英尺远。那个陌生猎人向卡迪这边跑过来，从离它只有五步之遥的地方经过，但它仍然一动也没动。直到后来有了机会，它才偷偷溜到那高大的树干后面，躲开了狗和人的视线，接着，它安心地飞起来，飞到寂寞、幽静的泰勒山谷里去了。

它的亲人一个接一个地被那支致命又残忍的枪击落了。现在，它又一次形单影只了。伴随着许许多多次侥幸的脱逃，雪花月慢慢地过去了。如今，人人都知道，红颈是松鸡中唯一的幸存者。它不断地遭到无情的猎逐，变得一天比一天狂野了。

　　最后，卡迪似乎觉得带着枪追赶它简直是在浪费时间，于是，等到积雪很深，食物少得可怜的时候，卡迪又谋划了一个新计策。在红颈前去觅食的地方——这里几乎是暴风月里唯一的好去处，他设置了一排圈套。一只棉尾兔，它是松鸡的老朋友，用锋利的牙齿咬破了几个圈套，可还有一些圈套仍然完好。

　　一天，当红颈正在观察远处的一个黑点，推测可能是一只盘旋的老鹰时，恰好一只脚踩进了其中的一个圈套。顷刻之间，它就被猛地吊了起来，悬荡在空中。

　　难道野生动物就不能获得道德承诺或合法的权利吗？人类有什么权力用如此漫长又可怕的痛苦来惩罚别的生灵呢？只不过是因为那个生灵不会说和自己一样的语言吗？整整一天，可怜的红颈被吊在那儿，承受着越来越强烈的痛苦。它不断拍打着那宽大、强健的翅膀，徒劳无助地挣扎着，以求重获自由。一天一夜，红颈经受的磨难在不断加重，直到后来，它唯一的渴望就是死亡。可是，谁也没有来。天破晓了，白天它仍然悬挂在那儿，忍受着痛苦的煎熬，慢慢地走向死亡。它非同寻常的生命力在此时对它来说简直是一场灾难。第二个夜晚缓缓地降临了，时光在黑夜里慢吞吞地流逝。一只硕大的长角猫头鹰听到了红颈临终前发出的微弱的拍打翅膀声，被吸引了过来，干净利落地结束了它的痛苦，这种做法实在是太仁慈了！

风从北方吹过来，沿着溪谷刮了进去。雪马飞驰在满是褶皱的冰面上，越过唐谷平原，越过沼泽，越过湖面。一切都是白茫茫的，因为它们本来就是被吹动的积雪啊。可是在白色的雪原上，却零星地散布着斑驳的黑点，那是飘动着的松鸡颈毛的残片——那闻名遐迩的彩虹般的羽毛。那天晚上，这些羽毛乘着北风飞舞着，飞向遥远的南方去了。它们飘过漆黑的湖面。它们曾在阴郁的疯狂月里伴随着红颈飞到这儿。它们不停地乘着北风飞啊，飞啊，直到全部被吞没。唐谷里的最后一只松鸡就这样消失了。

如今，再也没有松鸡到弗兰克堡来了。到了春天，林中的鸟儿再也听不到那威武的击鼓声了。泥溪峡谷里的那个老松木桩，因为再没有松鸡站在上面鸣鼓，便在那儿静静地腐烂了。

安徽少儿版动物小说精品文库

沈石溪 ◎ 著

《狼王梦》作者沈石溪带你走进奇异的动物王国

动物小说大王沈石溪自选精品集（升级版）

雪豹总是袭击山上的红崖羊，红崖羊求"我"把雪豹关起来。然而，离开天敌的红崖羊却产生了内部争斗、冲突等新问题。种群混乱的红崖羊又来求"我"打开豹笼……

老鹿王为了自己的群落可以打败狼，主动放弃王位，把王位让给了杰米。哈克和狼战斗，最后在没有同伴的支持和帮助的情况下，和狼战斗到同归于尽……

大白牙是萨蛮猴群的一只兵猴，一天猴王将鸟蛋亲自塞进大白牙的嘴里，给予它此等荣光，是因为猴王想要大白牙去完成一个十分危险的任务……

因为有人要用金属管取"血眼熊"的胆，所以它一见人就眼睛通红。一个有名的小提琴家一直用金属管在它面前拉小提琴，血眼熊狂怒不已，危险一步一步地朝小提琴家逼近……

阳光大马戏团的警犬大灰有狼的血统，而且长得像狼，所以经常受到虐待。有一天，马戏团的车半路上坏了，两只凶猛的豹子突然出现，大灰挣断铁链，要与豹子敌人决一死战……

梅里山鹰金蔷薇凭借浓浓的母爱，打破了骨肉相残的生存法则，同窝养育出两只雏鹰……作者以人性化的视角体悟色彩斑斓的动物世界，讴歌自然和人性的壮美。

安徽少儿版动物小说精品文库

沈石溪 ◎ 著

神秘的动物世界 美好的文学启蒙

动物小说大王沈石溪精品集(拼音版)

白斑母豹
少年贝腊的母亲葬身豹腹,他立志复仇。贝腊在巫娘的指引下找到那头白斑母豹,却发现母豹刚刚生产,决定两年后再次寻仇。在最后的对决中,贝腊能取得渴望已久的胜利吗?

白象家族
人帮助了象,象与人成为朋友,象为了救人牺牲了自己,但利欲熏心的人却打起了象牙的主意,象群会如何对待这个人呢?

金丝猴与盘羊
一次"我们"在椿树里猎捕十几只盘羊时,眼看着盘羊已经被"我们"团团围住,没想到,一群金丝猴搭成"猴梯"解救了盘羊们。

第七条猎狗
老猎人召盘巴闯荡山林四十余年,始终找不到一条称心如意的猎狗。军犬后裔赤利弥补了召盘巴的遗憾。人犬之间经历过误解,危机时分,赤利用自己的性命换来了主人的平安。

太阳鸟和眼镜王蛇
一只凶猛的眼镜王蛇爬上树干,肆无忌惮地吞吃美丽的太阳鸟,直到有一只勇敢的太阳鸟奋起反抗,所有的太阳鸟都团结起来和眼镜王蛇斗争。最后,太阳鸟能打败眼镜王蛇吗?

猎狐传奇
云南西双版纳的一个寨子里最好猎手的儿子戈文亮,一天在自家院子里写作业时,竟然被一条闯进来的红狐惊吓到了,于是小伙子开始独自去猎杀红狐……

小火鸡与狗妈妈
一只小火鸡认狗作妈妈,奇怪吗?小火鸡用激怒狗妈妈的方式帮助她重新站起来,更奇怪了对吧?但这确实是个感人至深的故事。

牧羊神豹
羊倌把一只小黑豹误当作小猫带回家,小黑豹由羊倌家的牧羊犬养大后,性情温和,还学会了牧羊。可是突然有一天,羊倌发现自己每隔五天就会丢失一只小羊羔……

羊奶妈和豹孤儿
奄奄一息的母豹把小豹崽托付给猎人,猎人将其交给母羊灰额头抚养。小豹崽出于食肉动物的天性,咬死了羊群中的小羊羔。面对羊群的谴责,灰额头会做出怎样惊人的举动呢?

安徽少儿版动物小说精品文库

沈石溪 ◎ 主编

令人赞叹的动物传奇 可歌可泣的生态赞歌

中国动物小说品藏书系

抗日战争期间,科尔沁草原上生活着一群狼,狼王是一条瘸了腿的老狼。瘸王的儿子被日本兵打死了,为了复仇,它和当地居民一起同仇敌忾,对日本鬼子展开了英勇的抵抗……

探险家柯博士和儿子柯浩在原始森林行进时,遭遇了被东北虎咬伤的村民老魁,老魁的儿子小魁发誓为父报仇。是保护还是捕杀东北虎,人类之间展开了一场较量……

美丽的丹顶鹤艾美丽和它孩子奥杰塔一起生活在自然保护区里。有一天,奥杰塔正在忘情地练习飞行技巧,却在俯冲时被电线折断翅膀。寒冬来临了,艾美丽能顺利飞到南方过冬……

雏鹰为了学会捕猎,它们先要面临深渊,仰望长空,然后是在幽深的峡谷里练习飞行——一不小心就会粉身碎骨。实战训练时,或者是猎物,或者是雏鹰,二者必有一个命丧黄泉。

一只关在动物园的大笼子里、被驯化了的野生金雕,因为被两只小鸽子轻视,愤而撞笼自杀。是因为生命需要尊严,还是气急之下的鱼死网破?

老猎人在捕猎时与一头母鹿一同掉进了陷阱里,深深的陷阱里还有一头饥饿的豹子对他们虎视眈眈。豹子穷凶极恶,母鹿即将生产,老猎人能在绝望中平安脱险吗?

麻雄、断魂尾等七只猎豹长期生活在动物园里,野性完全丧失。工作人员让它们挨饿、诱导、惩罚……软硬兼施。它们能经受住这些必修课的考验,顺利地走向自然之家吗?

在东北雪原上,忽然有只三叉角狍子出现在"我"家稻草堆旁,大人们想抓住它,"我"独自去找狍子,想要保护它,结果竟然被狍子救了一命。

小狐狸麦哨和小男孩阿芒不慎先后掉进了山洞里,孩童和狐狸斗智斗勇,又相互依靠,直到麦哨被村人救出,才恍如做了一场关于林间野物的奇妙的梦……

暴雪是被牧场驯狗师通过严酷手段训练出来的一只所向无敌的猛犬,享有"猎犬之魂"的美称。暴雪对主人忠心耿耿,为了保护主人,竟然向"亲人"痛下杀手,令人唏嘘。

全国优秀儿童文学奖获奖作家精品书系

(第1、2辑10册)

国家级大奖精品力作集结号
全方位展示当代中国儿童文学大气象

追忆美好童年生活,抒写少男少女的朦胧情感与成长蜕变,回味青春年华的流逝。蓝蝴蝶是青春走过时留下的痕迹。

追忆难忘的军旅生活,欣赏诗画般的自然美景,回味多彩的童年趣事,品读有趣的动物故事……人像鱼一样,终会洄游到幸福之河中。

红军为了不暴露转移的行踪,让七个少年组成"执行队",在敌人的包围中继续出版《红星报》。不识字的少年们如何完成这一任务呢?

男孩儿夏天的孤单生活当中出现了女孩儿李小菲,于是他用旋转奶油蛋糕上插着的小纸伞开展的恶作剧有了新目标……

身材矮小却梦想成为灌篮高手的男孩在偶然结识的坐轮椅的女大学生赵越的帮助下,篮球技术不断进步,人称"闪电手"……

灰豆儿是一个长得很丑而心地很善良的小妖精,立志要去掉妖精影子。尽管要受尽磨难和委屈,但他坚持做一个真正的好人。

一所中学里纪律最坏、成绩最差的一个班级,在老师的教育、家长的配合和同学之间的互相帮助下,萌发了对祖国、对生活的爱,班级在各方面走上了正轨。

老蜘蛛希望吐出年轻的蛛线;小兔子流出的眼泪是红宝石;一只叫吉铃的蟋蟀在为它喜爱的女孩演奏;海鸥哺育幼子的红斑像夕阳般震慑人心……

中学生苏丹由于父母离婚变得孤僻,无法接受父亲重组家庭的事实。但在一系列的痛苦中,她渐渐发现了现实生活中的闪光点。

20年前的那个阴雨绵绵的午后,出身贫寒的美丽少女哈娜点亮了一个个少年的眼睛。因为她的出现,原本平静无波的班级刮起了一场风暴……

小橘灯精品系列

（第1、2辑10册）

爱与美的永恒价值　实力作家精彩呈现

男孩八月的父母因生意失败而远去他乡，八月用单薄的身体挑起了生活的重担，也陷入了对女生何秀儿的暗恋。18岁的他在放木排时不幸遇难，他给我们留下了怎样的震撼？

作者以一种原生态的纯真笔触描写浓郁的亲情和健康而又朦胧的异性之间的感情，写出了一首首犹如天使的声音般纯粹的歌谣。

好好玩学校的五(1)班真是群英荟萃：有获得家务活、讲爱心故事等五项全能比赛冠军的卫小西，有可以出《检讨书大全》的王也可……还有哪些奇人奇事？

一路走来，"我"的生活中有很多的幸福时光：开学第一天在路上碰到幼儿园的同班同学；过年得了压岁钱，可以买心爱的玩具……

一个男孩撒谎成了习惯，以至于他说什么话大家都认为是假的。深受学生喜爱的实习老师要走了，大家都送了礼物给老师。男孩拿来了一袋水，说那是一只兔子。这是怎么回事？

女孩林夏雨突然有了一个双胞胎姐姐林夏晴，可是她对这个姐姐连一丁点记忆都没有，这是怎么回事？她能够重拾昔日的记忆吗？

大年初一，"我"下定决心不再毛手毛脚而要做"小淑女"，但在倒第四杯水时还是把杯子打碎了。于是，"'碎碎'平安"的说法出现了。这是真的习俗，还是充满亲情的安慰？

89岁的外婆记忆力衰退得厉害，脾气也变得像个小孩，只有儿童玩的纸飞机能让她集中精力。面对纸飞机时，外婆心里是一个怎样的世界？

幽默和温情是本书的最大特色。其中既有对小学生心智逐渐成长的过程的细致刻画，更展现了他们认识世界的美好经历，读来有不同凡响的亲切感。

盛夏的午后，女孩小美斜躺在沙发上翻一本书。绿色纱窗拉着，光线打在上面，小美迷迷瞪瞪的，猛地抬头一看，看到一只水蓝色的蜻蜓掠过，这是一种神秘的暗示吗？